I0728536

KOMMA UPP I VÄRLDEN

REGENCY-ESKAPADER
NOVELL TRE

EBONY OATEN

PROLOG

DUKE STREETS
BARNHEM, 1818

F rank Franklin visste att han höll på att bli för gammal för barnhemmet, men det var inte så att han inte visste exakt hur gammal han var. Föreståndarinnorna hade bestämt att han var lika gammal som det nya århundradet och förklarat att han därmed var arton år och redo för anställning.

Han tornade verkligen upp sig över sina bröder och systrar på barnhemmet, så det fick honom att *känna* sig äldre.

"Gör klokt i att komma ihåg att familjen Eberhard kräver strikt lydnad hela tiden. Om du sköter dig kan det leda till framtida anställningar för fler barn härifrån."

Han svalde när föreståndarinnan sträckte sig upp och strök tillbaka hans hår.

"De kommer att förse dig med en livré. En betjänt måste alltid vara prydlig, välpresenterad och trevlig att se på", sa hon.

Han fick den här tjänsten tack vare sitt utseende och sin längd, det visste han mycket väl. Han hoppades dock att det inte skulle krävas att han kunde skriva. Han hade aldrig lyckats åstadkomma mer än krafs med högerhanden, men de vägrade låta honom använda sin vänstra.

Han lyckades få fram ett artigt: "Tack, föreståndarinnan."

"Gör oss nu stolta", sa hon med ett hotfullt leende.

Han hade en betald anställning, och han skulle med största sannolikhet få mycket mer lugn och ro hos sin nya arbetsgivare än han någonsin hade haft på Duke Street. Han kunde inte komma bort från barnhemmet fort nog.

KAPITEL 1

GROSVENOR PLACE, ENGLAND, 1818

Klockan åtta på morgonen närmade sig den ärbara Clara Eberhard trevande den tygklädda buren i familjens orangeri. Ljudet av ett knaprande – och smattret av de knaprade bitarna som studsade ner på burgolvet – talade om för henne att den inneboende var vaken och åt.

"Försiktigt", sa rösten i hennes huvud. "Inga plötsliga rörelser eller ljud, så att du inte provocerar besten därinne."

Hon tog tag i ett hörn av tyget och lyfte det sakta för att släppa in vinterljuset till djuret därinne.

"Ge mig en puss!" skrek den färgsprakande röda, gula och blå fågeln. "Puss, puss. Lägg dig!"

Herregud! Inte undra på att prinsen ville ha bort den från sitt menageri. Kapten Scarlet (för det var fågelns namn) måste ha blivit tvångsrekryterad av sjömän för underhållningens skull. Hon hade inte sagt ett ord till fågeln, och den fick henne redan att rodna våldsamt.

Det skulle hållas en bal ikväll, där aran skulle visas upp. Om hon inte lärde den ett bättre språkbruk skulle familjen drabbas av vanära. Hennes far var baron Eberhard. Den förste baron Eberhard, en alldeles ny baroni, och det följde inga extra landområden med den. Men han var likväl en baron!

Om fågeln förolämpade deras gäster ikväll skulle familjen Eberhards namn, och Claras chanser att säkra ett äktenskap, ligga i ruiner.

Hennes framtid hängde på att fågeln skötte sig, så hon var tvungen att börja nu.

"Er tjänare", sa hon till fågeln och neg sedan graciöst.

Fågeln tittade på henne och skrek till.

Ingen lovande början.

"Er tjänare", upprepade hon och neg igen.

Fortfarande ingenting.

Hon fick syn på en mogen apelsin på ett av träden i orangeriet. Med några vridningar hade hon fått loss den. Fågeln klättrade bort till burdörren för att ta sig en närmare titt på frukten.

"Det är en apelsin", sa Clara.

"Apelsin", upprepade Kapten Scarlet.

Ett brett leende sprack upp på Claras kinder. Fågeln var en utmärkt elev.

Sedan förstörde den allt genom att tillägga: "Puss, puss. Lägg dig."

Clara slöt ögonen och andades långsamt. "Säg snälla", sa hon och öppnade luckan för att ge honom apelsinen.

"Puss, puss. Lägg dig."

"Snälla?" gnällde Clara.

"Lägg dig." Kapten Scarlet sträckte ut sina enorma klor och ryckte en bit apelsin ur hennes hand.

Hon tappade resten i ren chock. Kaptenen *kraxa.*

Dagen var ännu ung; de första gästerna skulle inte anlända förrän mycket senare på kvällen. "Jag har fortfarande tid", sa hon till aran.

"Häpnadsväckande fågel", sa en mansröst bakom henne.

Clara vände sig om och såg en av lakejerna komma in i orangeriet.

"Det är Franklin, är det inte?" Hon var tvungen att komma ihåg att han var tjänstefolk, och att de inte var av samma klass. Inte längre, i alla fall, nu när hennes familj höll på att klättra på samhällsstegen.

Han bugade artigt. "Det stämmer, ers nåd." Leendet han gav henne rubbade hennes balans på ett sällsamt vis. Ännu en ovanlig sak att lägga till den växande listan av avgjort underliga saker som nyligen hade hänt i hushållet Eberhard, inklusive att Hans Kungliga Höghet Prinsregenten hade förlänat hennes far en baroni för att ha levererat sådana enorma kvantiteter järn under kriget. Baronin var otroligt välkommen. Den massiva fågeln? Inte lika mycket.

Men det skulle vara omöjligt – förolämpande till och med – att lämna tillbaka den. Familjen Eberhard hade, sedan de flyttat till England, lärt sig att Prinsregenten kunde vara en nyckfull varelse i bästa fall.

Franklin sa: "Jag insåg inte att ni var här. Jag återkommer senare."

Clara ville inte att han skulle gå. "Månne ni vet något om att träna aror?" frågade Clara.

"Till min bestörtning vet jag det inte, ers nåd. Det är en otrolig varelse."

"Det var synd", sa hon. Unga damer borde förmodligen ha sällskap av en guvernant eller en kammarjungfru i ett orangeri om en manlig medlem av tjänstefolket befann sig i närheten. Vid den här tiden skulle hennes kammarjungfru förbereda morgontvagningen i hennes rum, och guvernanten skulle ta itu med hennes yngre bröder och systrar. Enligt deras nya ställning i livet förväntades Clara tillbringa morgonen med håret i papiljotter under en hätta. Sedan skulle hon knapra på rostat bröd som en fågel (nej, inte den här fågeln, som frossade i sig mat på ett skandalöst sätt; en mindre fågel, möjligen en sparv), sedan förväntades hon vila innan hon bytte kläder för middagsmåltiden och sedan vila ännu en gång innan hon bytte om igen för eftermiddagen. Kvällen skulle kräva ytterligare ett klädbyte för supén.

Engelsmännen och deras regler!

"Hämta den där apelsinen åt mig. Snälla ni", sa hon och pekade på den mogna frukten på änden av en högre gren.

Franklin nickade åt henne och accepterade sin uppgift utan invändningar. Han plockade den från trädet och räckte henne den.

"Snälla", upprepade Kapten Scarlet.

"Snälla och tack", sa Clara till fågeln.

"Puss, puss", svarade Kapten Scarlet.

Hettan steg Clara över ansiktet.

Franklin lade frukten i Claras hand, och hans fingertoppar snuddade vid hennes handflata i processen. Det var så flyktigt att Clara undrade om hon hade inbillat sig det. Kanske skulle hon be om en till för att vara säker?

Så här nära kunde hon se de mörkare fläckarna i hans bruna, tunga ögon. Hans ögonfransar var så täta och mörka att han såg ut som om han bar teatersmink.

"Puss, puss", ropade fågeln.

"Skulle ni vilja ha en puss?" frågade Franklin.

Chockad tog Clara ett steg tillbaka och flämtade till.

Lakejens ansikte blev lika rött som fågelns fjädrar. "Jag frågade fågeln!"

"Jaså!" Förlägenheten slet i Clara.

Franklin skakade på huvudet. "Jag menar, jag skulle aldrig!"

De skrattade båda bort sin gemensamma förlägenhet, tills Clara tänkte mer på saken.

"Men varför inte?" Var hon inte vacker och åtråvärd som hennes mor ofta hade varnat henne för att hon var?

"Ursäkta?" Franklin skakade på huvudet.

"Puss, puss", sa Kapten Scarlet, och den här gången lade han till ett kraxande på slutet för att ge eftertryck.

Franklins min mörknade. "Jag vet min plats", sa han. "Jag skulle aldrig bryta mot anständigheten."

Anständighet. Ett av de underliga ord Clara hade svårt att placera i ett fack. Det betydde så många olika saker i olika situationer, beroende på om man var man eller kvinna, rik eller fattig, ung eller gammal. För två år sedan hade hon och hennes syskon alla stojat tillsammans, klättrat i träd och lekt i lera. Nu var hon dotter till en baron, ordet "ärbara" stod på hennes post före hennes namn, och hon var "inte längre ett barn".

"Puss, puss", sa Kapten Scarlet igen.

Clara vände sig mot fågeln. "Skulle du vilja ha en puss, Kapten Scarlet?"

"Puss, puss. Snälla", svarade han.

Clara tog detta som ett tecken på utveckling. "Mycket bra bett", sa hon, medan hon knarrande öppnade burdörren och sträckte in armen.

Kapten Scarlet klättrade upp på hennes underarm,

med klorna försiktigt slutna om hennes handled utan att tränga igenom huden.

Med stadiga och mjuka rörelser höll Clara fast i burgallret för att balansera sin vikt, nu när fågeln satt helt och hållet på hennes armbåge. Om hon inte hade hållit i sig hade hon kanske tippat omkull, sådan var fågelns tyngd.

Clara snörpte på munnen och lutade sig mot fågelns skrämmande stora näbb. Hennes mod svek henne för ett ögonblick vid tanken på hur oklokt detta handlingssätt var. Kapten Scarlet sänkte sitt huvud och erbjöd henne ovansidan av sin näbb, där hon kunde se hans rundade näsborrar. Han skulle uppenbarligen inte skada henne. Snabbt tryckte hon sina läppar mot näbbens böj. Hennes läppar gav ifrån sig ett lätt *smack*ljud innan hon drog sig undan för att skapa avstånd mellan dem.

Hon kunde ha svurit på att Franklin sa något i stil med: "Lyckliga fågel."

När hon tittade upp såg hon hans ögon fästa på hennes. Nåja, han kunde titta på fågeln; deras ansikten var fortfarande nära varandra. Vad underligt att samhället inte fäste något avseende vid att hon kysste en fågel, men hennes liv skulle vara över om hon upptäcktes med att kyssa en pojke.

"Skulle ni vilja försöka?" vågade hon fråga Franklin.

"Fröken Eberhard, jag skulle bli hedrad. Men om

någon skulle upptäcka att jag har kysst er, skulle jag bli avskedad."

Ännu en våldsam hetta spred sig genom Clara. Hon stammade fram en ursäkt: "Jag talade om *fågeln*."

Han började också stamma, medan han blundade och skakade lätt på huvudet. "Jag ber ödmjukast om ursäkt för missförståndet. Jag är den förste i min familj som innehar en så hög position som lakej, och jag—"

"Fullt förståeligt. Min far blev baron först nyligen. Denna position i samhället är ny även för oss."

Kapten Scarlet bröt den pinsamma stämningen med ett skarpt: "Puss, puss. Lägg dig."

Clara sa: "Där har ni er inbjudan."

"Jag ska vara modig", svarade Franklin och höll ut sin rockklädda arm för att fågeln skulle flytta över.

Han hade det bättre förspänt av de två. Clara bar en morgonklänning med långa bomullsärmar. Han bar familjen Eberhards livré (farfar hade släppt t:et på slutet, eftersom alla andra ändå glömde att sätta dit det), vilket inkluderade gräddfärgade knäbyxor och en mörkbrun dagrock med guldkant.

"Puss, puss", sa Kapten Scarlet och förflyttade sig uppför Franklins arm.

Hetta spred sig genom Clara när hon såg honom puta med läpparna. Han skulle kyssa ovansidan av fågelns näbb, på samma ställe som hon just hade kysst. Inte samma sak som att kyssa varandra direkt, men kopplingen fanns där.

Till hennes förvåning stannade fågeln inte vid Franklins armbåge. Istället vaggade han uppför den unge mannens arm och högg sin näbb i hans korta peruk. De flämtade båda chockat när Kapten Scarlet flaxade iväg med bytet i näbben och flög runt i orangeriet.

Clara höll handen för munnen för att hindra ett skrik eller ett skratt; hon var inte säker på vilket. Franklin lade händerna över huvudet. Tofsar av lockigt brunt hår stack ut mellan hans fingrar. "Han stal min peruk!" jämrade han sig.

Till deras förvåning och bestörtning stannade Kapten Scarlet högt ovanför dem. Inte nöjd med att slå sig ner i ett av de många noggrant beskurna apelsinträden, satte sig kaptenen på toppen av en korintisk kolonn. Där kraxade han och slet tofsar ur Franklins peruk.

"Om det är till någon tröst", sa Clara, "är ert hår fint, precis som det är."

Hettan steg uppför hennes hals för att hon hade gett en så fräck komplimang. Han, i sin tur, rodnade. Något sällsamt men inte ovälkommet gjorde sig tillkänna för henne. Hon tyckte om det, och hon ville veta mer om det.

Franklin hade fallit baklänges i en kruka med sylt. Från en usel början var han nu klädd i en barons tjänstefolks praktfulla utstyrsel. Minus peruken, tillfälligtvis. Den där fågeln hade stulit den! Men sättet den ärbara fröken Eberhard såg upp på hans ansikte med en antydan till ett leende fick honom att glömma allt om den saknade delen av uniformen. Hon hade gett hans utseende en komplimang, och det hade fyllt honom med glädje.

"Jag, äh, menade inte att vara här nere så tidigt", sa Franklin och försökte hitta ett sätt att lämna rummet, även om han mycket gärna ville stanna. Någon skulle snart kalla på honom, det var han säker på. Det hörde inte till god ton att bli funnen ensam med sin arbetsgivares dotter. Han skulle vara ute snabbare än han kunde blinka. "Jag är djupt nyfiken på den stora fågeln och tänkte att jag kunde observera honom en kort stund."

"Han är ganska magnifik", höll hon med, med huvudet på sned för att hålla ett öga på honom medan han fortsatte att slita i peruken.

Han kunde inte låta bli att beundra den släta linjen på hennes hals.

"Tror ni det finns någon chans att jag skulle kunna ..." började han.

"Få tillbaka er peruk?" avslutade hon. "Inte den minsta."

"O, ve."

"Det finns många i reserv." Hon vände sig om för att

se på honom, och en värme spred sig i hans mage. "Far har en idé om att anställa ett dussin lakejer så att vi kan hålla middagar för åtminstone tjugofyra personer."

"Jaså..." Franklin var inte säker på vart hon var på väg med denna konversation.

"Det betyder att vi har reserver. Reservuniformer och peruker. Vi har bara fyra lakejer, er inkluderad, men jag tror att fler kommer att anlitas för kvällens tillställning, åtminstone. Det finns säkert reservperuker i tvättstugan."

Han borde tacka henne och lämna omedelbart, men hans fötter ville inte röra sig.

Fågeln slet loss ännu en bit av peruken. Ringlar av vitt tagel singlade sakta mot marken. Andra bitar landade i apelsinträdet nedanför.

En tjänsteklocka ringde i fjärran, så han bugade för fröken Eberhard och ursäktade sig. Det var bäst att han skaffade en ny peruk innan han svarade på det anropet.

KAPITEL 2

Ljusen i kristallkronorna fladdrade. Gästerna anlände med leenden på läpparna medan männen lyfte på hattarna och kvinnorna viftade med sina solfjädrar. Clara stod i mottagningskön bredvid sina föräldrar och bad till Gud att ingen skulle vandra bort mot vinterträdgården den här kvällen. Några meter bort stod Franklin med de andra lakejerna och erbjöd drinkar från brickor. Claras bröder och systrar befann sig på en gömd plats ovanför dem nära trappan och kikade mellan spjälorna i balustraden, ivriga att få se de fina damerna och herrarna i deras vackra kläder.

Om bara Claras äldre systrar hade varit i livet för att se det här. Det var de som borde ha gjort sin debut. Clara borde ha varit på övervåningen och sneglat på vad framtiden hade i beredskap för henne. Istället hade de dött i lungsot, och hon hade varit tvungen att anpassa sig till ännu fler dramatiska förändringar i sitt liv.

Inte minst den otroligt distraherande lakejen (han hade hittat en ny peruk; den fick honom att se så mogen ut!) som utan ansträngning charmade gästerna när han erbjöd damerna ett glas ratafia. En annan lakej erbjöd lemonad.

Clara sträckte sig efter ett glas ratafia, men hennes mor skakade på huvudet och viftade med solfjädern i riktning mot lemonaden istället.

Hon tog det alkoholfria glaset och tittade sedan på Franklin. "Jag tycker om din nya peruk."

Han log och nickade.

"Clara, min vän", kallade hennes mor, "ställ ner ditt glas. Dansen ska strax börja, och jag har lovat bort den till en gentleman."

Besviken över att bli bortkallad så snabbt ställde Clara tillbaka sin orörda drink på brickan och lydde sin mor.

Inom kort dansade Clara med en man som såg ut att vara ungefär tio år äldre. Mor hade sagt att han var son till en earl, vilket var gott och väl, men hon kunde ju knappast kalla honom "herr Earlsson". Han hade väl ett namn? Dessvärre var dansen – en engelsk reel – så snabb att hon inte fann något sätt att läsa namnet på sitt danskort.

När dansen var slut erbjöd han henne sin arm. Artig som hon var tog hon den. Hennes danskort satt på den andra handleden, och hon behövde båda händerna för att hålla det stadigt och kunna läsa. Så fort de stannade skulle hon ta sig en ordentlig titt.

Hon måste ha blivit alldeles virrig, för hon kunde ha svurit på att hennes föräldrar befann sig på andra sidan balsalen.

Herregud, han ledde henne mot vinterträdgården.

"Snälla, gör det inte!" Hon drog sig tillbaka. Om han öppnade dörrarna skulle kapten Scarlet ta till flykten. Eller åtminstone till vingarna.

Han gav henne ett nedlåtande leende. "Ser man på, miss Everhard, ni kan väl inte hålla den här fågeln inspärrad för evigt. Låt mig få se den."

Hade han medvetet uttalat hennes namn fel?

"Han är inte i sin bur, så vi kan inte gå in där. Han kan fladdra omkring och landa på er eller skada er eller något sådant. Hans klor är enorma."

Han vände sig om och frågade: "Ni menar alltså att ni inte tänker tillåta mig att se den? Hälften av *le bon ton* är här ikväll för att se denna magnifika fågel. Ni kan inte göra oss besvikna nu."

Det var inte det som var problemet. Fågeln hade inte hållit tyst på hela dagen. Hur mycket hon än hade försökt – och Franklin och några av de andra anställda hade också försökt, mellan bärandet och hämtandet hela dagen för att förbereda för balen – vägrade fågeln helt enkelt att sluta med sina oanständiga kommentarer om att kyssas och ligga ner. I samma ögonblick som fågeln öppnade näbben skulle familjen bli ett åtlöje.

"Kanske ... om jag går in ensam", föreslog hon.

Vad som helst för att hejda hans framfart mot glasdörrarna. Hon bad: "Höga ljud gör honom upprörd. Var försiktig, snälla!"

Utan att bry sig om henne vred hennes danspartner om handtaget och öppnade dörren. "Åh, lilla fågel, lilla fågel! Var är du?"

Aran gav ifrån sig ett väldigt skri och flög rakt mot earlens son. Han duckade undan, vilket gav kapten Scarlet fri väg till den angränsande hallen.

"Kapten Scarlet", ropade Clara. "Kom ner! Snälla!"

Aran skrek och spred ut sina magnifika fjädrar när han vände om i den breda hallen. Ett hjärtslag senare försvann hans långa, röda stjärtfjädrar runt ett hörn.

Andra sidan av det hörnet var balsalen!

Hans skri ekade genom hela byggnaden.

Balsalens gäster flämtade i en blandning av rädsla och förundran.

Clara rusade till balsalen och kom precis i tid för att se kapten Scarlet landa ovanpå den mittersta kristallkronan, och hans flaxande vingar släckte ljusen.

Fler fotsteg följde när gästerna skyndade tillbaka till balsalen för att bevittna det uppenbara tumultet. De som redan var i balsalen trängde ihop sig i små, rädda grupper.

Clara var lättad över att ljusen var släckta, eftersom

lågorna mycket väl kunde ha satt eld på kapten Scarlet. Fågeln var en ara, inte en fågel Fenix.

Lättnaden blev kortvarig, då kapten Scarlet gav ifrån sig ännu ett gällt skri, följt av ett ord som lät som om det började på bokstaven "F" och rimmade på "kuckeliku".

Iskall fasa sköljde över Clara när hon stod där mitt i balsalen, inför hela sin familj och resten av societeten.

Fågeln från Sydamerikas tropiker släppte lös en rad fantasifulla svordomar som skulle få en sjöman att rodna.

Sedan vaggade den till lite, sträckte ut sin bakdel över kanten på kristallkronan och levererade en lång sträng av spillning som kletades ut på golvet.

Det här var en katastrof!

KAPITEL 3

Tacksam över att hon åtminstone hade långa handskar på sig höll Clara ut armen och ropade ynkligt på Kapten Scarlet.

Fågeln förpestade luften med sitt språkbruk.

Franklin, som förstod hennes nöd, dök upp vid hennes sida och erbjöd henne sin rock för att skydda hennes arm.

Lättnaden över hans omtänksamhet fick tårarna att stiga henne i ögonen. Rocken var varm och alldeles för stor. Doften av sandelträ och tvål fyllde hennes sinnen och gav en märklig sorts tröst. Hon skulle klara det här.

Gästerna flämtade till inför denna blandade uppvisning i tapperhet och opassande beteende, att en betjänt kunde vara så intim med sina överordnade.

Det enda ljud Clara kunde höra var dånet från sin egen bultande puls när hon höll ut sin rockklädda arm.

"Kapten Scarlet", ropade hon. "Vill du ha en puss?"

Fågeln vände sig om och tittade rakt på Clara. "Puss, puss. Lägg dig ner." Ett milt svar med tanke på hans nyliga språkbruk.

Hon höll armen högt. Den började värka ju längre hon höll upp den. När fågeln väl landade på den skulle hon förmodligen falla omkull. Av förlägenhet, om inte av obalansen.

Som om han läste hennes tankar erbjöd Franklin sin arm för att stadga henne. Hon placerade sin lediga hand på hans upphöjda armbåge.

En hetta brände genom hans skjorta och hennes handskbeklädda hand. Chocken hann inte lägga sig innan Kapten Scarlet flög ner och landade på hennes utsträckta arm.

Hans tyngd fick henne nästan att tappa balansen, men återigen var Franklin på exakt rätt plats för att stadga henne.

Sedan sa Kapten Scarlet: "En puss, tack."

Clara förde fågeln närmare ansiktet. Han sänkte huvudet och erbjöd henne den övre böjen på sin näbb.

Flämtningar av förundran fyllde rummet när hon gav den en lätt puss där. Samma ställe som Franklin hade varit på väg att kyssa, innan fågeln stal hans peruk.

Herregud, peruken!

Hon vände sig mot Franklin för att varna honom, men när orden formades i hennes mun hade Kapten

Scarlet redan hoppat över till Franklins axel och var i full färd med att slita av honom peruken.

"Inte nu igen!", ropade Clara och Franklin i kör.

Kapten Scarlet hade den nya peruken i näbben. Franklin försökte hålla fast resten av den på huvudet med sin lediga hand. Balsalen, som hade blivit så onaturligt tyst medan fågeln var hos Clara, utbröt i förbluffade rop.

Det öronbedövande oväsendet skrämde Kapten Scarlet, som flaxade, skrek och flög upp i luften – med Franklins andra peruk stadigt gripen i ena klon.

Var dörrarna till vinterträdgården öppna? Clara sprang efter fågeln. När hon svängde runt hörnet såg hon honom precis flaxa genom glasdörrarna.

Tack gode gud! Här kunde de åtminstone stänga dörren, så skulle fågeln inte längre störa tillställningen!

Clara försäkrade sig om att dörren var ordentligt stängd, skakade på huvudet och gick tillbaka till balsalen. Kvällen var en fullständig katastrof. Vilken chockerande introduktion i societeten!

Franklin dök upp när hon närmade sig balsalen. Just det, han behövde få tillbaka sin jacka. Alltför snart var hon tvungen att ta av sig den. "Tack för er tapperhet", sa hon.

"Vem som helst skulle ha gjort detsamma", sa han, som om han inte ville ta åt sig äran.

"Men det är just det", sa hon, medan han tog på sig

den över axlarna där den passade honom så mycket bättre. "Ingen annan gjorde det."

Hans fantasi skenade iväg med honom. När Franklin tog på sig sitt livré igen anfölls hans sinnen av mjuka blomdofter, som om Clara Eberhard hade genomsyrat hans jacka med sin person.

Han ville aldrig mer ta av sig den. Om det inte var för att hjälpa Clara.

Han skulle bli tvungen att doppa ansiktet i kallt vatten för att påminna sig om sin ställning. Han visste alltid att om han gjorde ett misstag skulle han skickas till köket eller stallet. Och det skulle göra livet mycket svårare för andra barnhemsbarn att följa i hans fotspår.

Barnhemmet var beroende av en del av hans inkomst från en så förnäm position. Föreståndarinnan älskade att påminna beskyddarna om hans framgång. Om han drog vanära över sig skulle det även bli barnhemmets vanära.

Han fick syn på henne i balsalen, omgiven av sin familj. Folk stod samlade i små grupper på olika ställen. Musikerna spelade inte för tillfället. Ett litet arbetslag med pigor städade och torkade upp röran på balsalsgolvet. Dansen skulle snart återupptas, antog han. Folk hade vänt ryggen mot arbetarna, som om de inte existerade. Som om skiten på golvet på ett magiskt sätt städade upp sig självt.

Ingen hade klivit fram för att hjälpa Clara när den där svävande, svärande fågeln hade tagit över. Han skulle se hennes chockade och isolerade ansikte framför sig när han försökte sova i natt. Hon var helt ensam när fågeln ställde till med oreda. Ändå hade hon tagit tag i saken och försökt lösa situationen. Självklart hade han erbjudit henne sin rock. Hennes handskar måste vara så tunna att fågelns klor skulle ha slitit dem i stycken, och fördärvat ett par fina handskar och dessutom skurit hennes hud.

Hans teori om hur tunna dessa handskar var hade bekräftats när hon hade lagt sin hand på hans armbåge för att få balans. I samma ögonblick som de rörde vid varandra brände och pulserade hans hud, som om det inte fanns något tyg alls mellan dem.

Peruklös gick han till köket för att hämta en bricka med förfriskningar till gästerna. Denna gång valde han en bricka med lemonad. Clara skulle behöva det.

KAPITEL 4

S oluret i trädgården kastade ingen skugga när Clara var på väg till frukosten nästa morgon. Hon tittade ut genom fönstret och såg att tjocka moln hängde på himlen och hotade med snö. När hon kom ner för trappan visade den blänkande förgyllda bronsklockan att den var över elva. Vilken tur; på frukostbordet fanns fortfarande brickor med rostat bröd – kallt men hårt – med smör och marmelad. Lite torrt rostat bröd skulle hjälpa till att lugna magen efter gårdagskvällens katastrof. Vatten ångade från samovaren, så hon hällde lite i tekannan för att göra sig en kopp. Hon kanske skulle ta med lite rostat bröd till kapten Scarlet också. Han verkade tycka om att tugga sönder det i bitar.

I samma ögonblick som hon satte sig dök Franklin upp i den öppna dörröppningen. Han såg sig snabbt omkring för att försäkra sig om att ingen annan var där.

"Är allt väl?", frågade han.

Han bar ingen peruk. Knappast förvånande med tanke på i vilken takt han förbrukade dem.

"Jag mår bra, tack. Jag hoppas att du inte drabbades av min fars vrede?"

"Inte än." Han tittade ner på sina fötter. "Jag är så fruktansvärt ledsen för alltihop."

De talade i munnen på varandra med försäkringar om att de borde ha säkrat kapten Scarlet långt före balen.

Clara log och viftade med sin tekopp i riktning mot det återstående rostade brödet. "Locka ner honom med lite rostat bröd. Det kanske fungerar."

"Utmärkt idé", sa han, sträckte sig efter de återstående bitarna och stoppade dem i fickan.

Hennes mor kom in, nickade mot Clara och riktade sedan sin ilska mot Franklin, som om det var han som hade orsakat kaoset igår kväll och inte papegojan. "Ni borde inte vara här", befallde hon.

Franklin bugade sig för henne i ödmjukt samtycke och avlägsnade sig utan ett ord.

Luften blev genast kallare.

Hennes mor stirrade på Clara. "Gårdagskvällen skulle ha varit en triumf. Istället blev det en katastrof! Hur ska vi kunna hämta oss? Inte en enda herre har erbjudit sig att uppvakta dig i eftermiddag. Inte en enda! Inte ens lord Bondan, som uttryckligen insisterade på den första dansen."

Det var hans namn, men det stavades snarare som *Bondlington*. Det var därför hon hade haft så svårt att läsa det på sitt danskort.

"Mamma, det är lord Bondan som släppte ut kapten Scarlet. Franklin försökte bara rädda situationen."

Hennes mor smuttade på sitt te. "Säger du att Bondan tog ut fågeln ur buren?"

"Nja, nej." Clara smuttade på sitt te. Ett så bekvämt sätt att köpa sig tid för att samla tankarna. "Kapten Scarlet var redan ute ur sin bur. Däremot var han instängd i vinterträdgården."

"Visste du att fågeln inte var i sin bur när du visade Bondan till vinterträdgården?"

"Mamma, allt det här är huller om buller. Bondan följde mig till vinterträdgården; jag trodde att han skulle följa mig tillbaka till dig."

"Ändå ligger vinterträdgården i motsatt riktning från balsalen."

"Jag vet det, mamma. Jag var tillfälligt förvirrad efter allt dansande och snurrande i balsalen. I samma ögonblick som jag förstod åt vilket håll vi var på väg bad jag honom att inte gå längre."

"Och varför det? Var du orolig för att du skulle bli komprometterad? Jag hade planerat att anlända några minuter senare för att upptäcka dig i ett sådant tillstånd."

"Mamma!" Chocken ekade genom Clara. "Du planerade att han skulle föra mig utom synhåll?"

"Låt oss inte avvika från ämnet. Om du visste att fågeln var ute ur sin bur, varför såg du då inte till att den var säkrad innan balen började?"

"Jag hade försökt, många gånger under dagen. Men varje gång ... det spelar ingen roll. Kapten Scarlet har vingar, det har inte jag. Jag kunde inte få ner honom och", hon ryckte på axlarna i hjälplös kapitulation, "tiden rann ut för mig."

"Då var det inte Bondans fel överhuvudtaget. Hur skulle han kunna veta att fågeln inte var säkrad? Att den skulle bete sig så förfärligt? Och att den sedan skulle lyda din uppmaning om en kyss! Det är obegripligt att fågeln kom ner till dig med så många vittnen efter sin skur av oanständigheter i både ord och handling, när du tydligen inte kunde kalla ner honom när det var tyst och du hade all tid i världen."

En kall insikt spred sig i Claras mage. "Jag kan se, från ditt perspektiv, att det var en hemsk situation, och jag håller med om att den borde ha kunnat undvikas. Men det är sanningen om hur det gick till."

Hennes mor duttade ansiktet med en servett, vek sedan ihop den och slätade till kanterna med fingrarna. "Jag fruktar att din säsong redan är över. Det finns en liten chans att en annan familjs skandal kommer att dra bort uppmärksamheten från oss i år, och i så fall kanske vi blir bortglömda."

Det lät olycksbådande i Claras öron. "Det är väl många månader kvar av säsongen?"

"Inte för oss", sa hennes mor.

Franklin började undra om han kanske skulle behöva leta efter en ny anställning. Barnhemmet hade gjort ett bra arbete med att säkra denna anställning hos familjen Eberhard, men själva familjen verkade allt annat än säker.

Medlemmar av aristokratin förväntades vara stadgade och förnuftiga och leva enligt en mycket specifik uppsättning regler.

Han hade lyckats snappa upp fågelns ursprung. Den var en gåva från prinsregenten — en förödande dyr och pinsam gåva.

Var det så här folk i de övre klasserna behandlade varandra? Barnhemmet var stökigt och bråkigt även i bästa fall. Ibland hade det varit ont om mat och kläder. Familjen Eberhard hade inga av de bekymren. Deras situation var farligare. Ja, de hade pengar och social ställning, men att befinna sig i en så hög position innebar att de hade ännu längre att falla.

Clara var en så mild själ, och så vänlig. Det kändes inte rätt att utsätta henne för en framtid med sådan osäkerhet.

KAPITEL 5

De följande veckorna höll sig pappa borta från huset, förmodligen till förmån för sin klubb. Inte för att Clara visste vilken klubb det var, och hon var för rädd för att fråga någon. Mamma började skrika på personalen vid minsta provokation. Om kammarjung-frun kammade hennes hår dåligt skrek hon. Om teet var för varmt slog hon ner koppen på fatet. Om det inte fanns några visitkort vid ytterdörren fick betjänten i tjänst ta emot hennes missnöje.

Dag efter dag kom det inga visitkort. (Rykten gick om att personalen hade slagit vad om det skulle komma några.)

Mammas skrik om "katastrof" ekade genom huset, in i vinterträdgården, där Clara tillbringade större delen av sin tid. Kapten Scarlets skrin var snällare mot hennes öron än mammas klagomål. Att hålla sig utom synhåll var en användbar undvikande taktik.

Clara förberedde sig för fågelns tyngd, höll ut armen och kallade ner honom. Till hennes förtjusning bredde han ut sina vingar och gled ner på hennes arm.

Han framförde sin vanliga hälsning: ”Puss, puss, lägg dig ner.”

”Var så god och tack”, sa Clara, som inte gav upp hoppet om att fågeln kunde tränas.

”Puss, puss, lägg dig ner, var så god och tack”, upprepade fågeln.

”Bra gjort, kapten!” Clara log brett åt den nya utvecklingen. Nu var allt hon behövde göra att träna bort den första delen av frasen hos fågeln.

Detta blev Claras morgonrutin, att träna kapten Scarlet efter frukosten. Han var ett otroligt exemplar, men vinterträdgården var alldeles för liten för honom. Han borde sväva i en stor park någonstans.

Om hon kunde träna honom att återvända till hennes arm när hon kallade på honom skulle hon kanske kunna lita på honom utomhus.

Allteftersom dagarna utan inbjudningar och visit-kort fortskred behövde Clara inte byta kläder flera gånger om dagen eftersom det inte kom några manliga uppvaktare. Personalen hade färre kläder att tvätta, och absolut inga bjudningar att förbereda för.

Än en gång klev Clara in i vinterträdgården och ropade på kapten Scarlet. Där var han, på toppen av sin favoritkolonn.

”Var så god och tack”, sa hon och sträckte ut armen.

Eftersom hon hade gjort detta så ofta hade hon blivit starkare och höll balansen när han landade. ”Var så god och tack”, svarade fågeln.

”Utmärkt hyfs”, svarade hon.

”Utmärkt hyfs”, upprepade kapten Scarlet.

Fågelns framsteg gladde hennes hjärta. Han kunde lära sig. Han kunde uppföra sig. Nu gällde det att se om hon kunde få honom tillbaka in i buren.

”Jag har ett päron”, sa hon och tog fram den gröna frukten ur fickan på sin morgonrock.

Kapten Scarlet skränade och lutade sig fram med vidöppen näbb för att smaka på frukten. Han bet av en bit och gav ifrån sig ett klunkande ljud när han svalde.

”Är det ett gott päron?” frågade hon. ”Jättegott päron?”

”Jättegott päron!” upprepade han och sträckte sig efter en till bit.

Clara flyttade päronet utom räckhåll. Fågeln flög iväg och landade på burens tak. Clara lade frukten inuti buren och lämnade dörren vidöppen. Kapten Scarlet klättrade längs burens sidor och stack näbben genom gallret i ett försök att nå den.

”Grinden är öppen, flyg in”, uppmanade Clara.

Fågeln gick inte med på det.

Clara rynkade pannan i frustration och バック ade längre bort från buren så att det inte skulle verka som om hon försökte låsa in honom.

När hon vände sig om igen var fågeln till hennes förtjusning inne i buren och kalasade på det läckra päronet. Långsamt närmade hon sig.

Fan också! Fågeln såg vad hon försökte göra. Med päronet stadigt i klon flaxade han ut ur buren och slog sig ner på toppen av sin favoritkolonn, där han fortsatte att äta upp hela.

"Där är ni", sa en manlig röst bakom henne.

Clara vände sig om och såg Franklins ansikte kika fram runt dörren till vinterträdgården.

"Jag ser att ni har en ny peruk."

"Ja", sa han och lade handen stadigt ovanpå den. Han gick inte in ordentligt i vinterträdgården utan höll vakt på kapten Scarlet, redo att backa undan och stänga dörren om fågeln skulle flyga i hans riktning.

"Jag har en idé", sa Clara. "Lägg peruken på ett säkert ställe, sedan kan ni komma in."

"Det borde jag ha tänkt på", sa han. "Strax tillbaka."

Clara skrattade för sig själv och bar fågeln mot den öppna grinden till hans stora bur. Hon hade gett honom färskt vatten och stuckit in rostbrödsskivor på några spikar, tillsammans med en delad apelsin i hans matskål. Men när hon nådde den öppna buren flög kapten

Scarlet från hennes arm och iväg till sin pinne på den korintiska kolonnen. Åh, varför ville han inte gå tillbaka in i sin bur, där han hörde hemma?

Franklin kom tillbaka in, utan sin betjäntperuk. "Är allt väl?"

"Nej", suckade Clara, även om åsynen av honom sände en ljuvlig värme ilande genom henne. "Han verkar föredra sin nya sittplats där uppe istället för sin bur. Jag har fyllt den med hans favoriter, men det är ingen idé."

Kolonnen, som hade varit vit, var nu fläckad med åtskilliga avlagringar.

"Han är en smart en, den där fågeln", sa Franklin. "Jag tror inte jag heller skulle vilja bo i en bur, om jag var han."

De stod nära varandra, tillräckligt nära för att deras axlar skulle pressas mot varandra om hon rörde sig en centimeter åt sidan. Värme strålade från honom.

Glaspanelerna i vinterträdgården hade rännilar av ånga som rann nerför dem. På andra sidan glaset förblev världen dyster och våt. Kapten Scarlett kanske inte trivdes i en bur, men om han var ute i vätan och kylan skulle han inte överleva särskilt länge.

"Har det kommit några inbjudningar idag?" frågade Clara.

"Ingenting, fröken. Samma som igår. Jag är ledsen. Jag känner mig något ansvarig för situationen."

"Åh nej!" Clara grep tag i hans arm för att understryka sin poäng. "Ni får inte skylla på er själv. Jag försökte hindra lord Bondman från att gå in, men han insisterade. När han väl hade öppnat dörren, ja, vi vet ju vad som hände sedan."

Han lade sina händer över hennes. "Jag borde ha kommit tillbaka senare och stängt in fågeln. Jag kunde ha lurat honom med kakor eller korinter."

De lutade sig nu väldigt nära varandra. "Verkligen? Och förlorat ännu en peruk?"

Hans leende fick hennes knän att mjukna. Något ganska busigt virvlade genom hennes system.

Om någon gick förbi och såg dem skulle det se ut som om de kysstes. Franklin skulle bli avskedad, och hon skulle bli skickad till sitt rum för vem visste hur länge.

Och ändå var allt hon ville i detta ögonblick att få uppleva en kyss.

"Franklin, min säsong är över. Jag kanske inte får någon ny. Jag kommer utan tvekan att skickas ut på landet för att roa mig och tänka över mina misstag. Innan jag blir en gammal ungmö, får jag uppleva en kyss?"

Han blinkade men rörde sig inte bort.

"Bara en, bara så att jag vet hur det känns", bad hon.

"Självklart", sa han.

Hans läppar sänkte sig mot hennes. Hennes ögon slöts och ljus sprakade bakom hennes ögonlock. Vilken salighet. Kontakten var mjuk och varm, hans andedräkt len mot hennes hud.

Hon andades in hans magnifika doft, en blandning av tvål och sandelträ och något jordigt.

Hennes puls dånade i öronen. Hennes händer, som tidigare varit knäppta om hans arm, fann nu vägen till hans nacke och hon retade fingrarna genom hans lockar.

Hans händer svepte sig om hennes midja och pressade deras kroppar mot varandra.

Något vände sig till långt ner i hennes mage, den mest ljuvliga värk hon inte kunde namnge. Varningsklockorna i hennes huvud lät som harpor. Den musikaliska uppmuntran mjukade upp hennes närmande. Hennes mun öppnades och han nafsade försiktigt tag i hennes underläpp. Varmt och omslutande och så väldigt ljuvligt. Hennes kropp sprakade och bubblade. Hon ville aldrig att det skulle ta slut.

I sina ivrigaste drömmar trodde Franklin aldrig att ett sådant möte kunde hända honom. Hennes kropp var mjuk och eftergivlig i hans armar, hennes läppar så inbjudande och fullkomligt behagliga. Eftersom han aldrig hade kysst en kvinna förut hade han inget att jämföra detta med. Känslan stal hans andedräkt och förnuft. Blodet bankade i hans huvud när han utforskade hennes läppar med sina och höll henne tätt intill sig. Hennes andning blev ojämn när han trevande rörde vid hennes överläpp med tungspetsen. En sådan varm uppmuntran; han utforskade hennes mun. Det var hans tur att tappa andan av intimiteten. Han skulle kunna kyssa denna kvinna för evigt och aldrig bli mättad.

"Puss, puss, lägg dig ner!" skränade kapten Scarlett från ovan.

Det bröt förtrollningen. Mjuka skratt fyllde luften när han drog sig tillbaka. De vilade pannorna mot varandra och han återfann andan. Det var kanske lika bra att fågeln hade lagt sig i. Han hade en skaplig aning om att "lägg dig ner" skulle vara det som kom härnäst. Han ville ligga med Clara mer än han ville ha luft.

Dörren till vinterträdgården stängdes med ett hårt brak.

De hoppade båda till av chock. Franklin fruktade att hans nästa uppgift skulle vara att sopa upp krossat glas.

Han vände på huvudet och såg baronessan Eberhard i sin morgonmössa, med håret i tygremsor som stack ut åt alla håll. Hennes händer var knutna till nävar och hennes läppar smalnade av i raseri.

"Ni är avskedad!"

Helvetes djävlar, de hade blivit fullständigt upptäckta. Kanske var det därför fågeln hade ropat – inte som uppmuntran utan som varning.

Han skulle göra det rätta. "Min nåd, frukta inte. Jag

gifter mig gärna med Clara för att förhindra varje antydan till vanära.”

”Vad?” frågade Clara.

Baronessan steg närmare, hennes toffelförsedda fötter stampade i golvet men åstadkom knappt något ljud. ”Det kommer ni inte att göra! En barons dotter? Med en betjänt? En *arbetslös* betjänt?”

Motvilligt släppte han henne. Hon hade rätt; han hade helt glömt bort sig själv. Han hade kommit högre upp än någon han kände personligen, men inte tillräckligt högt.

”Jag ber er ödmjukast om ursäkt”, sa han till baronessan Eberhard. Sedan vände han sig mot Clara, vars mun förvreds när hennes ögon fylldes av tårar. ”Jag är så fruktansvärt ledsen för att jag utnyttjade situationen. Det här var helt och hållet mitt fel, och det accepterar jag.”

”Och jag accepterar er avskedsansökan”, sa modern.

Ingen chans till ett rekommendationsbrev då? Nej, det skulle vara att verkligen utmana ödet. Och troligtvis hans säkerhet.

”Clara är helt utan skuld”, försökte han.

Baronessan Eberhard nästan väste när hon steg närmare. ”Självklart är hon utan skuld! Och jag ser att ni är utan peruk igen. Hur många har ni förlorat nu?”

Han hade åtminstone inte förlorat en tredje. ”Min

nåd, jag lade peruken på bokhyllan innan jag gick in i vinterträdgården."

"Återlämna då er fullständiga uniform och packa era saker."

Hans arm ryckte till när Clara höll sig fast vid honom. "Mamma, nej! Franklin gjorde inget fel!"

Så oskyldig inför världen hon måste vara. Förstod hon inte hur saker och ting fungerade? Det spelade ingen roll vem som initierade kyssen. Den som hade lägre rang hade fel. Så fungerade världen.

Han skakade på huvudet och befriade sin arm från hennes grepp. En tår rann nerför hennes kind och fick hans hjärta att dra ihop sig. Han skulle aldrig ha accepterat hennes inbjudan till kyssen. Han skulle aldrig ha gått över gränsen. Rösten stockade sig när han sa: "Det är inte ert fel", sedan vände han sig mot baronessan och bugade för henne. "Jag ska vara borta inom en timme."

"Nej!" skrek Clara och sträckte sig efter honom.

Han tog ett steg tillbaka så att hon inte kunde nå honom.

"Jo", sa mamma och steg åt sidan för att visa honom dörren till vinterträdgården.

"Puss, puss. Lägg dig ner", skränade kapten Scarlet.

KAPITEL 6

Två veckor senare hade sorgen i Claras hjärta över att ha förlorat Franklin inte lättat. Han hade erbjudit sig att gifta sig med henne, vilket var otroligt ridderligt. Clara visste inte om han verkligen hade menat det eller om han bara hade sagt det första bästa för att lugna hennes mor, omedveten om att det bara hade gjort henne ännu argare.

Inte för att mamma var där och ständigt kunde skälla på Clara för hennes dåliga uppförande. Efter en dag av skrik och bråk hade mamma låtit tjänsteflickorna packa hennes saker och tagit familjens vagn till Brighton i hopp om att få audiens hos prinsregenten. Vad hon skulle säga till honom om hon lyckades få audiens förklarade hon inte. Skulle hon förhandla om att få lämna tillbaka kapten Scarlet? Clara var kanske ny i rollen som dotter till en baron, men till och med hon förstod att det inte var passande att lämna tillbaka en gåva. Att lämna tillbaka en gåva till prinsregenten skulle vara en fullständig katastrof för hela familjen.

Prinsen kanske skulle återkalla deras titel. Hade mamma tänkt på det?

Det hade hon förmodligen, funderade Clara när hon än en gång klev in i vinterträdgården och ropade på kapten Scarlet. I morse bar hon promenadkappa och kängor.

Vid hennes rop landade han på hennes arm. Hon gav honom ett päron från sin ficka och det gjorde honom nöjd. Han svarade väldigt bra på mat, vilket var en lättnad.

Solen strålade in genom vinterträdgårdens glas. Med lite tur skulle regnet hålla sig borta.

"Toppenpäron", sa kapten Scarlet när han högg in i frukten. Den omogna frukten var lättare för honom att äta, eftersom den behöll formen i hans klo och inte droppade över hela Claras arm.

Det här skulle bli en enorm förtroendeövning. Så fort de var utomhus kunde han flyga iväg och aldrig mer synas till.

Hon hade ett andra päron i fickan för att se till att han kom tillbaka. Förhoppningsvis skulle han stanna på hennes arm när de kom in igen.

Till hennes förtjusning stannade han kvar på hennes arm när de gick nerför korridoren och tog dörrarna ut till trädgården. Hon klappade honom på ryggen och kittlade honom på halsen, och kuttrade hela tiden om vilken vacker fågel han var.

Hon gick nerför trappan till trädgårdsgången, förvånad över att kapten Scarlet ännu inte hade lyft.

Det måste vara mycket kallare i London än i Sydamerikas djungler. Han kanske var i chock. Kanske vore det bättre att vänta till våren ... Plötsligt flaxade kapten Scarlet hårt och hoppade från hennes arm. Med vingarna vitt utbredda svävade han genom luften och cirklade över Claras huvud. Till slut landade han i ett tallträd, det högsta i deras trädgård.

"Flyg inte för långt", bad hon.

Som för att trotsa Clara lyfte fågeln omedelbart och flög iväg i riktning mot Hyde Park!

Hon satte efter honom och rusade genom stallet på baksidan av deras egendom.

När hon nådde gatorna väjde hon för vagnar och män till häst för att korsa Rotten Row. Hon fortsatte springa ut på de fuktiga fälten, efter den flaxande röda fågeln.

Kapten Scarlet slog sig till ro i toppen av ett högt träd. Andfådd lutade sig Clara mot stammen på ett annat. Tyst bad hon: "Snälla, flyg inte iväg igen, snälla, flyg inte iväg igen."

"Clara, är det du?"

Manskapsrösten skrämde henne.

Hon flämtade till. "Franklin?" Hon hade föreställt

sig hans ansikte överallt. Det här kunde inte vara på riktigt.

Men det var det.

"Jag såg kaptenen först, han är svår att missa! Vad gör du här?"

Magen krampade och det var svårt att prata eftersom hon var så väldigt andfådd. Senaste gången hon hade sprungit fort var förmodligen när hon och hennes syskon hade tävlat mot varandra på deras gamla gods. Hon vinkade åt honom för att visa sitt obehag och böjde sig sedan framåt för att lindra smärtan från krampen i magen.

När hon tittade upp och långsamt fick tillbaka andan, fortsatte hjärtat att rusa. Det var Franklin!

"Vad gör du här?" Hans livré var helt annorlunda och inte alls lika fint som Eberhards. Det förtog inte hans stilighet på något sätt. Han hade till och med en ny peruk.

"Jag har fått anställning hos en handelsfamilj. Stenrika och desperata societetsklättrare. Vi håller på att duka upp för en picknick. Jag kan inte stanna länge."

Hennes andning lugnade sig och Clara log. "Det är roligt att se dig. Jag är så ledsen för hur det slutade, men jag är glad att du har det bra."

"De skickar ut inbjudningar, men ingen kommer", sa han med en blinkning.

"Ingen alls?" Så grymt! Det var en sak att inte få

inbjudningar, men en helt annan att få dem och inte komma.

"De säger att det kommer att hända, så småningom."

Det lät förskräckligt. "Kommer ni ofta till Hyde Park?"

"Åh ja, hela tiden, eftersom de vill bli sedda."

Kapten Scarlet skränade på himlen ovanför dem. Han hade sett all mat till deras picknick och störtade rakt emot den.

Mer spring? Clara tog ett djupt andetag.

"Kapten Scarlet!" ropade hon när hon sprang mot familjens picknickfilt. Det var svårt att springa och hålla ut armen samtidigt som hon ropade på honom. Något måste ge vika. Hon slutade springa, höll ut armen och ropade än en gång på fågeln. "Puss, puss!"

Det var inte den fras hon ville använda, men det var den bästa för att få hans uppmärksamhet. Det fungerade, och han ändrade riktning. Ett ögonblick senare landade han på hennes arm.

"Duktig kapten", sa hon och en våg av lättnad sköljde över henne.

"Mycket bra gjort!" ropade någon ny. Det var en man från picknicksällskapet som rest sig från sin stol och gick mot Clara. "Franklin, känner ni den här kvinnan?"

Franklin rodnade och nickade. "Ja, min herre."

Mannen sträckte fram handen mot Clara för att

skaka den och presenterade sig. "John Shireton, Esquire, förtjust att göra er bekantskap."

Clara log och sträckte fram sin vänstra hand, eftersom hennes högra arm var upptagen med att hålla kapten Scarlet.

Tystnad sänkte sig. Borde Clara presentera sig?

Franklin klev in och redde ut situationen. "Min herre, detta är Den högvälborna fröken Clara Eberhard."

Shireton kysste pliktskyldigt Claras handrygg. "Det är en anmärkningsvärd fågel ni har där", sa han.

"Han heter kapten Scarlet och var en gåva till min far från prinsregenten."

Han sprack upp i ett enormt leende. "I så fall, var god framför mina bästa hälsningar till herr Eberhard", sa han.

Franklin hostade i sin hand och muttrade: "Baron Eberhard."

"En baron, säger ni! Nåväl, då kan ni framföra mitt *innerliga* tack." Mannen sträckte sig sedan i fickan och tog fram ett mynt av hög valör, som han sedan tryckte ner i Claras fria hand. "Tack för underhållningen! Skulle ni vilja komma och dricka lite te med oss? Vi har kakor också. Det finns mer pengar där det kom ifrån om ni låter barnen klappa fågeln. Försiktigt, bara. Hans näbb och fötter ser då inte lite vassa ut!"

Förvirringen var total. Den här mannen hade gett henne pengar som om hon var en gatuartist och lovat mer om barnen fick leka med fågeln. Hon var dotter till en baron; hade den här mannen någon som helst aning om hur opassande det var?

För att ytterligare spä på chocken hoppade kapten Scarlet upp på Franklins axel och slet av honom peruken.

Franklins ansikte brände av förlägenhet, men Shiretons barn skrattade och sprang fram till honom för att titta på den fantastiska varelsen.

Han undrade vilken oreda kaptenen skulle ställa till med hans nya peruk och hur arga Shiretons skulle bli över att deras egendom förstördes.

"Jag är förfärligt ledsen, min herre", sa han till John Shireton.

Mannen skrattade hjärtligt och sa: "Underhållningen är ovärderlig!"

En våg av lättnad sköljde över honom vid sin arbetsgivares glada ton och uppsyn. Fru Shireton smuttade på sitt te och brydde sig inte om dem, medan en betjänt stod bredvid henne med ett stort paraply för att skydda henne från väder och vind.

Med ett hest skränande flaxade kapten Scarlet med vingarna och lyfte med peruken i näbben.

KAPITEL 7

Inte nu igen! Knappt fjorton dagar hos sin nye arbetsgivare, och Franklin hade redan tappat sin peruk. Han och Clara jagade efter Kapten Scarlet, och hans puls rusade ännu snabbare än den borde ha gjort efter att åter ha fått se sitt hjärtas dam.

Han kunde inte hålla tempot. "Vänta, låt fågeln trötta ut sig. Jag måste säga vad jag har på hjärtat."

De stannade båda upp och flämtade medan de hämtade andan.

"Kära nån", sa Clara.

Hennes förtvivlade min vred om i magen på honom.

"Oroa dig inte. Det här är bra." Tungan kändes tjock och det vattnades i munnen på honom. Allt han kunde tänka på var att kyssa henne igen. Och igen. Så ofta hon tillät honom. Plus allt som kom därefter.

"Åtminstone hoppas jag att det är bra. Förutsatt att jag får tillbaka min peruk från Kapten Scarlet, vill säga. Jag sabbar det här. Fröken Clara ... får jag kalla dig Clara?"

Hon nickade instämmande, blinkade och log upp mot hans ansikte.

Han sträckte sig efter båda hennes händer. Beröringen hettade till i blodet. "Jag brinner för dig, Clara."

Hennes ögon blev runda. Hade han gått för fort fram? Det fanns inget annat val än att fortsätta.

"Det var inga tomma ord bland apelsinerna inför din mor. Jag skulle älska att gifta mig med dig, om du vill ha mig. Jag har inte mycket än, men Shireton betalar tydligen bra. Jag får min lön i slutet av månaden, och då–"

Hon tryckte sig intill honom och hennes läppar mötte hans. En eld av salpeter tändes i hans själ vid beröringen. Denna glädjens ängel låg i hans armar och kysste honom med så mycket passion att hans hjärta slog ett extra slag. Han gav sig hän åt känslan och höll henne tätt intill sig, och ville aldrig släppa henne. Han var den lyckligaste mannen i världshistorien.

Hennes läppar skildes åt. Ett mjukt stön undslapp hans strupe när hela hans väsen vibrerade. "Åh, Clara", flämtade han när de bytte ställning och fördjupade kyssen. Hans upphetsning gjorde sig påmind, och han försökte dra sig tillbaka lite. Detta skapade utrymme för *Lille Franklin* att bli ännu mer erigerad. Han drog sig undan och justerade klumpigt sin jacka och sina knäbyxor för att dölja den.

"Det var inte min mening att låta mina lidelser skena iväg med mig", erkände han.

"Det är smickrande, eller hur?" Dimmiga, ofokuserade ögon såg tillbaka på honom. Hennes läppar var svullna och rodnande. Om det inte var så mycket folk i närheten skulle han ta henne här och nu.

"Det är ingen i närheten", sa hon.

Hade hon just uppmuntrat honom?

Han drog sig tillbaka och såg sig om efter de vanliga folkmassorna i parken. De hade sprungit efter fågeln utan att tänka sig för och var nu långt från allas åsyn. Ett tätt buskage med vintergröna växter fanns i närheten. Det skulle ge dem all den avskildhet de behövde.

"Jag dör av längtan efter att få använda ditt förnamn", sa Clara när de gick in.

"Du måste lova att inte skratta. Du har nästan redan använt det. Det är Frank."

"Heter du Frank Franklin?" Ett brett leende spred sig över hennes ansikte och hennes ögon fick skrattrynkor. Sedan blev hennes min allvarlig. "Snälla, kyss mig igen, Frank Franklin."

Han kysste henne med allt han hade i sitt hjärta. Visst hade hon lett när hon fick veta hans fullständiga namn, men hon hade inte skrattat rakt ut. De flesta brukade göra det, och sedan dunka honom i ryggen som om det vore ett stort skämt. Blodet dånade i hans öron. *Lille Franklin* växte sig stor igen. Hon var himmelriket i hans armar och gav ifrån sig de mjukaste njutningsläten som en nöjd kattunge. Hennes hand gled ner längs hans rygg, sköt undan rocken och grep tag om ena skinkan.

Han tvingade sig att dra sig tillbaka. "Vill du gifta dig med mig?" frågade han och höll andan i väntan på svaret.

"Jag skulle älska det, men jag är rädd att mina föräldrar kommer att göra mig arvslös."

Lille Franklin krympte vid de fruktansvärda nyheterna.

Även hon såg förkrossad ut. "Du förstår min belägenhet, eller hur? Dina kyssar är allt jag kan tänka på, men mina föräldrar kommer att förskjuta mig om de någonsin kommer på mig med att kyssa dig igen."

Han tog av sig sin rock och lade den på marken med fodret mot gräset. På så sätt, om den fick fläckar, skulle det inte synas direkt för andra. Clara erbjöd sin kappa för samma ändamål, vilket gav dem lite skydd mot fukten.

"Jag ska göra allt i min makt för att skydda och ta hand om dig, och se efter dig för alltid."

Hon knäböjde bredvid honom på hans rock och sa: "Frank, om det vore upp till mig skulle jag vara din fru. Om mina föräldrar skickar mig till landet kommer jag att skriva och berätta var jag är."

I passionens hetta kunde de sluta med att göra så

många saker som skulle få livslånga konsekvenser. Han var tvungen att vara den förnuftiga. "Vi hittar ett sätt att vara tillsammans."

"Vill du ligga med mig?" frågade hon.

"Jag vill det så gärna, men du måste veta att du skulle kasta bort ditt liv. Jag kan inte göra det om vi inte är gifta." Med hjärtat bultande mot bröstkorgen knöt han händerna vid sidorna för att inte utforska varje tum av henne.

"Vi skulle kunna rymma?"

Försökte hon förgöra hans sista uns av självkontroll? "Vi kan ..." Han var tvungen att harkla sig, så stram hade halsen blivit. "Vi kan göra något som liknar att älska men som inte kommer att resultera i ett barn. Jag kan inte fördärva dig helt och hållet."

Hettan pulserade lågt och fick *Lille Franklin* att rycka till.

Här i det lilla buskaget var de trygga. Ingen förväntade sig henne hemma heller, med tanke på att mamma var halvvägs över England och pappa var frånvarande. En ljuvlig värk pulserade i hennes mage och mellan benen.

"Visa mig vad jag ska göra", sa hon och knäböjde bredvid honom. Förväntan darrade genom henne när hon kysste honom igen. Det var så mycket lättare att ta ett fast grepp om hans stjärt nu när hans arbetsrock var borta.

"Ligg ner med mig", sa han. Hans röst var som poesi för henne.

Med rusande puls kom hennes andning ut i små flämtningar av åtrå. Något så fängslande hände henne i detta ögonblick. Deras alldeles egna avskilda lilla plats som de hade snubblat över.

Liggande på sidan, med ansiktena så nära att de kunde fortsätta kyssas, böjde han sitt ben mellan hennes lår. Stötar av lust for genom hennes ryggrad vid intimiteten. Hans varma handflata vilade på hennes höft, och han började samla ihop kjoltyget uppåt i handen, och blottade först hennes anklar, sedan vader och sedan knän för den svalare luften. Det skapade den ultimata kontrasten av en het kärna och kalla fötter. Hans hand slank in under tyget för att röra vid hennes bara hud. Pulser strålade ut från beröringen när hennes kropp började fatta eld.

Hon vred sig, rättade till sig och böjde upp ett knä för att fånga ett av hans ben. Hans doft av sandelträ blandades med jordiga toner och något annat ... något primalt som slingrade sig in i hennes själ. Allt kändes så fullkomligt perfekt. Med sin fria hand tryckte hon handflatan ner över hans bröst, smög in under hans skjorta till hans varma mage och älskade känslan av den mjuka huden och lockarna över heta muskler. Frank drog tillbaka sin hand från henne ett ögonblick och hjälpte till att knäppa upp sprundet på sina knäbyxor.

Hennes hand kom i kontakt med hett kött. Hans röst kom ut som ett mjukt morrande. "Rör vid mig hur du vill. Snälla."

"Bara om du gör detsamma med mig."

Hon sänkte sin hand till hans känsliga kött samtidigt som han sköt sin hand norrut till hennes sköte. Medan hon smekte hans heta lem gled han med fingrarna fram och tillbaka över hennes öppning. Mjukt, ljuvligt och frustrerande retfullt.

Hans heta kött kändes så skönt i hennes hand; hon smekte det från rot till topp och sedan tillbaka igen. På återresan vågade hon sig ända till toppen, där en droppe fukt samlades på hennes tumme.

Hon drog sitt knä högre för att ge honom all den åtkomst han behövde medan hon lät sin hand glida upp och ner, och älskade den fasta känslan av honom. Hon var inte helt säker på vad de borde göra, men Frank skulle låta henne veta om det fanns mer han ville ha.

Ett finger snärtade till över hennes våta blygdläppar, vilket fick henne att flämta av förtjusning. Han kysste henne hårt och förde in ett finger i henne. Gnistor flög bakom hennes ögon när hennes kropp spände sig och vibrerade.

Hon ville ha mer.

Med knät så högt det gick, klämde hon sitt ben runt hans bål och höll honom tätt intill sig. Hon kunde inte längre koncentrera sig på att smeka hans penis eftersom hon inte kunde få nog av vad han gjorde med henne. Hans fingrar som gled in och ut medan hans tumme gjorde något magiskt och märkligt med henne. Det kändes så vått och halt, och så väldigt naturligt. Om och om igen lekte och retades han, rörde och smekte. Mellan stötarna kysste han hennes mun öppet, och hans tunga utforskade. Värk blev till pulseringar, pulseringar blev till dunkanden, och dunkanden skickade chockvågor genom henne medan hon flämtade hårt.

Hans hand ökade takten, rörde sig snabbare och snabbare. Gled, utforskade, retades och gnuggade på alla de rätta ställena. Detta var en känsla hon inte hade något namn på, men hon visste att hon inte kunde leva utan den. Hennes andning stockade sig, hennes kropp konvulserade, och hon skrek in i hans axel av befrielse och förundran.

Hur hade hon kunnat leva så länge utan att upptäcka en sådan sällhet?

Till slut frågade hon: "Är det alltid så här?"

Han rättade till sig och knäppte sina knäbyxor igen. "Det kan vara ännu bättre."

"Jag älskar dig", hörde hon sig själv säga. Sedan satte hon sig upp, drog ner kjolarna till fötterna och såg honom rakt i ansiktet. "Jag älskar dig verkligen. Jag ska gifta mig med dig; jag ska hitta ett sätt."

Han reste sig och hjälpte henne upp på fötter. Sedan plockade han upp sin rock och skakade den hårt. Han höll hennes ansikte och såg kärleksfullt på henne, och besvarade sedan de tre magiska orden. "Jag älskar dig, och jag ska också hitta ett sätt att gifta mig med dig."

Sedan kysste han henne igen. Den innehöll all passion från deras tidigare kyssar, men den här gången kändes den djupare, mer personlig och mer intensiv, om det nu var möjligt.

"Fågeln?" frågade han när han drog sig tillbaka.

"Fågeln", instämde hon.

"Jag beger mig västerut och letar efter honom. Stanna du här ett tag, och bege dig sedan österut och kolla träden. En klarröd fågel borde vara ganska lätt att se mot de gröna tallarna och de bara grenarna också."

"Bra poäng. Och jag hoppas att du får tillbaka din peruk."

De skildes åt med ännu en tårrullande kyss som fick Clara att vilja bryta sitt löfte om att gå åt motsatt håll. Men hon behövde faktiskt bry sig om arapapegojan, som mycket väl kunde känna av kylan i luften.

Frank gav henne ännu en snabb kyss och gav sig sedan av. Clara räknade mentalt till tjugo, kontrollerade att kjolarna var i ordning och lämnade sedan buskaget i motsatt riktning.

Några minuter senare fick hon syn på Kapten Scarlet. Han satt på en hög gren i en ek. För ett ögonblick fruktade hon att han hade en död kanin i klorna, som en örn.

"Din dummer", skällde hon på sig själv. "Det där är Franks peruk!"

Hon sträckte ut armen och kallade ner honom. "Kapten Scarlet!"

Fågeln tittade ner på henne men lydde inte.

Clara rullade med ögonen och försökte: "Puss, puss. Ligg ner."

Fågeln spred ut sina vingar och flaxade ner till henne, med Franks peruk i ena klon.

"Snällt och tack", sa hon när han landade.

"Puss, puss. Ligg ner."

Hur visste han att det var vad hon och Frank hade gjort?

KAPITEL 8

Några eftermiddagar senare kunde Clara knappt tro sina ögon. Där på silverbrickan i hallen låg en läderhandske. Bredvid handsken låg en inbjudan!

Deras första sedan den katastrofala balkvällen, för vad som kändes som en hel livstid sedan då folk fortfarande pratade med dem när de gick förbi i parken.

Nu blev de fullständigt ignorerade.

Handsken var uppenbarligen till henne, för att skydda hennes arm från kaptenens klor. Men vem hade skickat den? Hon lyfte den från silverbrickan och andades in den mjuka läderdoften som var fylld av sandelträ. Hennes huvud fylldes med bilder och förnimmelser av Frank. Var den från hennes sanna kärlek? Det enda andra meddelandet var inbjudan. När Clara tittade på inbjudan insåg hon att hon satt i en rävsax. Det fanns ingen i hushållet som kunde öppna den. Om hon väntade på att pappa skulle komma hem skulle hon bli tvungen att sitta vid trappan till tidig morgon. Om hon skulle behöva vänta på mamma? Tja, det kunde ta dagar eller veckor.

Inbjudan kanske gällde ett evenemang senare samma kväll, och hon hade väntat så länge på en enda! Även om pappa kom hem tidigare än vanligt kunde klockan vara midnatt, och det kunde vara för sent.

Det fanns inget annat att göra, hon var tvungen att öppna den själv.

Hon såg sig om för att försäkra sig om att ingen såg henne – och vem skulle de förresten rapportera hennes övertramp till? – och sträckte sig efter det förseglade brevet. Hon öppnade det försiktigt och läste innehållet med ett leende av lättnad och förtjusning som spred sig över hennes ansikte.

Den lockande doften av sandelträ förstärkte hennes glädje.

Herr och fru John Shireton
har nöjet att inbjuda

Den ärade fröken Clara Eberhard
till kvällens festligheter som börjar precis klockan nio.

Den var daterad idag! Hon kände en våg av stolthet över att hon hade haft så rätt i att öppna den själv. Pappa skulle komma hem alldeles för sent, även om hon skulle skicka bud till honom att komma så fort som möjligt.

Familjen Shiretons residens låg inte vid Grosvenor Square, men bara några kvarter därifrån.

Hon kastade en blick på den förgyllda klockan och konstaterade att den redan var över två. Hon hade mindre än sju timmar på sig att göra sig i ordning!

När hon läste inbjudan igen lade hon märke till att den innehöll en förfrågan om att anlända med kapten Scarlet, till gästernas underhållning.

Så otroligt fantastiskt!

Om bara mamma vore här skulle hon kunna trösta henne. Clara visste att det bara var en tidsfråga innan inbjudningarna skulle börja strömma in igen.

Hon längtade efter att få gå. Ännu bättre, hon skulle säkert få en skymt, eller mer, av Frank.

Ingen av Claras klänningar matchade den mjuka bruna handsken, så hon valde en blek kreation som kompletterade hennes bruna ögon. Hon klädde guvernanten i en av sina ljusblå klänningar och sa: "Ni är min moster på min mors sida, och har kommit för att förkläda mig eftersom mor är opasslig."

"Jag tror inte det här är någon bra idé", sa Mabel, vände sig om framför spegeln och beundrade sin figur.

"Den klänningen passar er, och jag har andra."

"Jag är inte gammal nog att vara er moster", protesterade Mabel.

Det var ett lamt försök. Clara antog att kvinnan var tvungen att åtminstone protestera för syns skull.

"Morfar på mammas sida gifte om sig sent i livet, och ni är resultatet."

"Det är opassande", sa Mabel.

"Det är ingen så chockerande skandal. Mormor gick bort för trettio år sedan, och han behövde en hjälpreda med de sju barnen."

"Sju barn! Hade de en guvernant?" frågade Mabel och snurrade runt igen medan hon poserade.

"Han gifte sig med guvernanten, det är skandalen."

Medan hon hjälpte Clara med håret sa Mabel: "Varför är det en skandal om hon redan var där och tog hand om barnen?"

"Det är precis vad jag vill veta, men tydligen är det så!" sa Clara och gav sig hän åt den fullständiga fantasin i sin nyss uppfunna historia. "Societeten är så full av skvaller!"

Hon och Mabel skrattade tillsammans. Snart fäste Mabel blomsterkvastar i Claras hår. "Ni är inte så lite galen, Clara. Men likväl ser jag verkligen fram emot det här. Jag har aldrig blivit bjuden på något."

Clara rättade till den långa läderhandsken som nådde till armbågen och log brett. "Jag är så glad att vi går tillsammans. Jag skulle omöjligen kunna anlända ensam. Det skulle verkligen vara en skandal!"

Som genom ett under höll regnet sig borta. Clara och Mabel promenerade till familjen Shiretons stadshus, med slängkapporna uppdragna mot kylan. De var en bra kvart tidiga i förhoppningen att hon skulle hitta Franklin innan balen började.

Underligt att det inte redan stod vagnar uppradade på gatan. Inbjudan angav en specifik starttid, men folk tyckte om att anlända senare. Om alla gäster var närvarande när man gjorde entré skulle alla som var där se en anlända.

Att göra en storslagen entré var inte Claras prioritet. Hon ville hitta Franklin.

Flimrande lyktor bredvid grinden lyste upp vägen. Två livréklädda lakejer stod utanför yttergrinden, men Claras hjärta sjönk när hon insåg att ingen av dem var hennes favoritlakej.

"Borde vi ha hyrt en vagn?" frågade Mabel när de närmade sig.

Det hade kanske varit ett bättre sätt att anlända. "Nu är vi här, så det är en irrelevant fråga."

Kapten Scarlet balanserade på hennes arm, som brände av ansträngning när de nådde lakejerna.

"God afton, mina damer", sa en av lakejerna. Men istället för att leda dem uppför trappan till ytterdörren, guidade han dem längre ner på gatan och antydde att de skulle ta köksingången.

"Åh, herregud", sa Clara och vilade sin fågelbärande arm på räcket. "Vi är gäster hos familjen Shireton." Hon tog fram sin inbjudan.

"Jag kan inte se den ordentligt", sa han, utan att ens försöka läsa den. "Ni är flickan med fågeln, eller hur? De väntar på er en trappa ner."

Mabel drog i Claras fria armbåge och viskade i hennes öra. "Jag är rädd att vi inte har blivit bjudna som gäster utan för att stå för underhållningen."

Chock och skam sköljde över Clara vid insikten. Det enda som räddade henne från förödmjukelse var att inga av de andra gästerna anlände just i det ögonblicket för att se henne så förnedrad.

Det var kanske tur att hennes föräldrar var frånvarande, men de skulle utan tvekan få höra om detta vid något tillfälle, möjligen från några av kvällens mer elaka gäster.

Mabel höll rösten låg. "Det är inte för sent att gå hem. Ingen har sett oss."

Clara rätade på sig och andades in den kalla nattluften. "Tack, lakej. Vi tar det härifrån."

Hon tog ett steg framåt och gick nerför trappan. Mabel följde några steg bakom och muttrade om hur mycket problem de skulle hamna i.

"Vi hamnar bara i trubbel om någon får reda på det", sa Clara med spelad tapperhet.

Till hennes förtjusning var Franklin där för att visa dem in. Blotta anblicken av honom satte igång den där ljuvliga värken djupt i hennes mage. Hon var tvungen att svälja hårt, och det vattnades i munnen av förväntan på att få tillbringa tid ensam med honom.

Att hålla i fågeln gjorde en omfamning svår. Med tanke på deras ställning i livet borde hon låtsas att de bara var bekanta. Den beundrande blicken i hans ansikte räckte för att fylla henne med en känsla av välkomnande och tillgivenhet.

"Var kan jag ställa ner kapten Scarlet?" frågade hon.

"Den här vägen", sa han och ledde dem till hallen bredvid balsalen. Här var personalen upptagen med att ställa glas med ratafia på brickor. Ingen lemonad syntes till, men den skulle utan tvekan snart anlända.

I samma ögonblick som omgivningen var tillräckligt rymlig för kaptenen att breda ut sina vingar, skränade han och slet av Franklins peruk.

"Herregud!" utbrast Clara.

Franklin log brett mot henne, vilket sände fler pirrande ilningar genom hennes kropp.

"Du är så mycket stiligare utan den", svarade Clara.

Mabel gav ifrån sig en låg varning. "Clara!"

"Lugna er, *moster* Mabel", svarade hon skarpt. "Ni är ett utmärkt förkläde. Ni behöver inte oroa er för att jag ska dansa med fel herre. Det är uppenbart att jag är här som underhållning, inte som gäst, så jag ska inte dansa med någon alls. Ni kan ta resten av kvällen ledigt."

Kapten Scarlet hade slagit sig till ro ovanpå en bokhylla och såg ner på allt han överblickade.

Franklin frågade: "Får jag hämta er något att dricka, fröken Eberhard?"

"Hon vill ha en lemonad", avbröt Mabel.

Golvuret slog för kvarten.

"Ratafian är inte stark", förtydligade han.

"Jag vill gärna ha en lemonad, men moster Mabel kanske vill ha en ratafia."

"Mycket väl", sa han och gav henne ett leende som fick henne att känna det som om även hon kunde få vingar.

Hela hennes kropp sprakade bara av att vara nära honom. Det var förmodligen bäst att hon inte drack någon typ av vin, svagt eller ej.

Medan kapten Scarlet satt kvar för tillfället kikade Clara genom ett valv i hallen in i balsalen, där hon såg musiker inta sina platser i en halvcirkel av stolar. Mer personal surrade runt och bar brickor med drycker till sidoborden. Andra tände de sista ljusen i kristallkronan innan de långsamt hissade upp den på plats. I sitt sinne föreställde hon sig att kaptenen snart skulle vila där uppe.

Hon lutade sig mot Franklin och höll rösten låg. "Har du varnat familjen Shireton för vad kaptenen gjorde förra gången han var nära en kristallkrona?"

Av nödvändighet ville hon inte tala för högt, men att luta sig fram och sänka rösten var också den bästa ursäkten för att komma närmare honom.

Hon var maktlös att hålla avstånd.

Han lade en hand på armen som inte bar den långa läderhandsken. Ilningarna av spänning och upphetsning spred sig åter genom hennes kropp när hon kom ihåg hans händer på henne.

"Kommer jag att behövas i början av kvällen, eller …?"

"Eller …", lutade han sig nära och viskade, "eller kommer vi inte att saknas på ett tag?"

En darrande suck kom djupt från hennes strupe.

"Den här vägen."

"Vart är ni på väg?" frågade Mabel.

Clara drog av sig sin handske och tryckte den i sin låtsassläktings hand. "Herregud, vad håller kaptenen på med nu?"

Mabel vände sig om för att titta på arapapegojan, vilket gav Clara och Frank tid att fly.

Hand i hand sprang de uppför baktrappan och stannade inte förrän de nådde en sovsal flera trappor upp. Flämtande och andfådd stängde Frank dörren bakom dem.

Hon drog av sig sina aftonhandskar så fort hon kunde, ivrig att känna hans hud mot sin.

"Åh Gud, Clara. Min kropp brinner för dig."

"Min med", tänkte hon, eller sa; hon visste inte vilket. Allt hon visste var att hon var tvungen att vara med honom, på vilket sätt hon än kunde.

Han skulle förlora förståndet, sedan sitt jobb. Betjäntrummen var ingen plats för ett kärleksmöte, men var annars kunde de gå för att vara ensamma? Lille Franklin hade redan ställt sig i givakt, vilket gjorde det svårare för honom att klättra uppför den sista trappan. När deras kroppar möttes pressade hon sig mot honom. Båda flämtade, från klättringen och deras passion, och hon tryckte sig upp och ner mot honom. Det var den mest underbara plågan. När som helst nu skulle han spilla sin säd och behöva byta byxor.

"Vänta ett ögonblick", sa han och sträckte sig efter en näsduk.

Hennes händer fumblade med byxknäppningen, och hon befriade honom. "Ah. Magi!" utbrast hon.

Sedan sträckte hennes hand ut efter honom, och en salighet exploderade bakom hans ögon. "Akta klänningen!" Det sista hon behövde var en synlig fläck.

Hon tog näsduken från honom och täckte toppen av hans penis. "Sådär, nu går det bra", lovade hon.

Han var inte alls bra. Inte alls. Han kunde inte ens stödja sig själv när knäna vek sig.

"Clara, sakta ner", bad han.

"Vi har inte tid."

"Du vet inte vad du g—"

"Jag har en ganska bra aning", sa hon och gned sin hand upp och ner för hans skaft. "Skulle du vilja att jag kysste den?"

En stöt av chock for genom hans kropp. "Jag måste lägga mig ner."

De två hittade trasmatten på golvet, och han kollapsade på rygg, med Lille Franklin pekande mot skyn. "Var försiktig med mig", bönföll han.

"Säg bara till så gör jag det."

Hennes huvud rörde sig över hans lår, och hennes putande läppar kysste själva toppen av honom. En stönande undslapp honom.

"Förlåt, jag försökte vara försiktig", protesterade hon och kysste honom igen som för att göra det bättre.

Hon skulle ta död på honom om hon var mer försiktig.

"Jag tappar kontrollen", erkände han, och hans skinkor spändes när han desperat höll tillbaka. Hon hade knappt börjat röra vid honom, och han var redan redo att explodera.

"Du gav mig njutning förra gången. Nu är det min tur att ge dig njutning", sa hon.

Om hon gjorde något mer skulle han ge efter för njutningen för snabbt. Han tog hennes hand och styrde den; på så sätt kunde han hämta andan och jaga efter extasen i en takt han kände igen.

"Är det här okej?" frågade han.

"Strålande idé", instämde hon.

Tillsammans smekte de och lekte, lite neråt, sedan hela vägen upp till toppen, där näsduken var redo att fånga dropparna.

"Den är så het", sa Clara.

"Du gör mig het", svarade han.

En sekund senare drog hon ner överdelen av hans byxor och blottade hans lår. "Bra", sa hon, hennes ben gränslade ett av hans när hon lyfte sina kjolar och lade sin bara hud direkt mot hans.

"Jag kan inte nå dig", sa han.

"Det behövs inte." Hon höll ett fast tag om Lille Franklin, gned honom upp och ner och utvecklade en rytm där hon gav honom njutning samtidigt som hon gned sig mot hans ben.

Blodet dånade i öronen och han andades in extasen som skulle komma. "Gud, Clara!" stönade han, medan pulsen dånade i hans huvud och hjärtat bultade mot revbenen.

Han grep näsduken för att hejda flödet, medan Clara fortsatte att gnida sig mot hans ben.

"Ge mig en sekund, jag hjälper dig", sa han.

Omtöcknad och förblindad av lust vände han Clara på rygg och drog upp hennes kjolar; sedan begravde han ansiktet i hennes sköte.

Clara gav ifrån sig ett kvävt skrik när hon vek sig och kastade sig under hans beröring. Käre himmel! Vem visste att sådana njutningar fanns? Varje andetag blev grundare än det förra när hennes kropp gav efter om och om igen för den utsökta intensiteten i allt.

Han slickade och sög och grep tag om hennes skinkor med sina händer. Hennes muskler spändes så mycket att hennes hjärta kunde ha stannat. Explosioner dånade i hennes öron, och hon föll ner i en salig glömska.

Kippande efter andan tryckte hon handen mot munnen för att hålla nere ljudet.

Hon skulle aldrig få nog av Frank. Oavsett hindren eller de potentiella invändningarna måste hon ha honom.

Det kändes som en evighet innan hon kunde andas ordentligt igen och hennes hjärta återgick till sin normala rytm.

"Herregud. Jag kan knappt tro att jag fortfarande lever."

Han lade ner hennes kjolar. "Fransmännen kallar det *le petit mort*."

"En liten död?" översatte hon. Inte undra på att det kändes som om hennes hjärta hade stannat. "Nå, vi överlevde det." Hela hennes väsen hade blivit mjukt och dåsigt.

"Vi kan inte stanna här för länge; vi kommer att bli saknade. Shireton vill att du ska visa upp kapten Scarlet för gästerna."

"Jösses, ja. Gästerna. Jag måste ha tappat förståndet helt; jag hörde inte ens att de anlände."

"Det kommer nog inga", sa han, medan han rättade till sitt eget utseende och knäppte knapparna. "Ingen dök upp på den förra."

"Va?" frågade Clara när han drog henne på fötter. Hennes tofflor hade ramlat av någonstans, så de letade efter dem.

"Här är de." Han ställde hennes tofflor på golvet, och hon klev i dem. "De andra betjänterna sa att Shireton håller de här festerna varannan vecka och att ingen kommer."

Clara förstod ingenting. De kysstes farväl och hon gick nerför trappan först, så att de inte skulle dyka upp i hallen tillsammans och väcka misstankar.

Några av gästerna skulle väl ändå komma.

Golvuret slog nio, vilket var den tid som stod på inbjudan.

Hennes tidigare antagande visade sig stämma; ingen hade kommit tidigt. Det betydde dock inte att ingen skulle komma *alls*.

Mabel hittade Clara och sa: "Ni var borta i minst tio minuter. Säg mig att ni inte har blivit komprometterad."

"Det har jag inte", svarade hon, medveten om att det bara var en teknikalitet. Hon undrade också över reglerna i situationen. För att bli komprometterad måste väl någon bevittna det?

Till hennes fördel fanns det heller inga gäster. Inga medlemmar av societeten som kunde bli chockade, eftersom inga hade anlänt. Ingen personal hade sett dem; de var alldeles för upptagna med att förbereda sig för att ta emot gästerna.

Mabel tryckte handsken i Claras händer. "Ta på er den här för när ni behöver kalla ner kapten Scarlet."

Arapapegojan var där hon hade lämnat honom, på toppen av bokhyllan, där han pladdrade på och tuggade på Franklins peruk. Ingen idé att kalla ner honom nu; han skulle bara bli tung när hon stod och väntade på att gästerna skulle anlända.

Femton minuter senare slog klockan igen, men inga gäster visade sig.

"Ingen kommer", sa Mabel.

"Har ni pratat med tjänstefolket?" frågade Clara.

I det gyllene skenet från balsalen såg Clara rodnande fläckar på kvinnans kinder.

"Berätta allt för mig", bad Clara.

"Skvaller kastar bara dåligt ljus på de som sprider det", sa Mabel.

Det var något nytt!

Guvernanten hade uppenbarligen några skandalösa nyheter. Kanske skulle hon dela med sig efter lite mer ratafia?

Franklin dök upp från andra hållet med en bricka med tomma glas till köket.

"Jag ser att du har hittat en ny peruk", sa Clara.

"Den sista i huset", sa han och lade sin lediga hand på huvudet, minns hur nära kaptenen han var.

"Jag antar att några gäster har anlänt, att döma av de tomma glasen?" frågade Clara.

Frank skakade på huvudet. "Tyvärr inte. De här är paret Shiretons."

Det bådade inte gott. Värdparet drack upp allt vin innan gästerna anlände?

Mabel sa: "De borde hålla igen."

Frank svarade: "Det gör de."

Ett ögonblick senare försvann han i riktning mot sköljrummet, och hon och Mabel – och fågeln på bokhyllan – blev ensamma kvar i korridoren.

För varje kvart som gick minskade chansen att någon skulle anlända.

Inga gäster hade tackat ja.

Inte en enda!

Så fruktansvärt och pinsamt för paret Shireton att bli så totalt ignorerade.

Ljusglimten, åtminstone för Clara, var att det inte fanns några medlemmar av societeten här för att sprida skvaller.

"Vi kanske borde gå", sa Mabel. "Vi kan gå via tjänsteingången så vet ingen att vi var här."

"De kommer inte att veta att det är ni, det är säkert, men de kommer att anta att det är jag som bär hem kapten Scarlet. Inte för att det spelar någon roll."

Clara var inte längre orolig för sitt eget rykte, utan fylldes av en känsla av kamratskap i deras gemensamma lidande. Societeten kunde vara så grym.

KAPITEL 9

D et Eberhardska huset surrade av aktivitet och folk.

Clara tog på sig morgonrocken och sprang till trappavsatsen, där hon fick se sin mor stå i entrén och dirigera personalen.

"Mamma! Du har kommit hem!" Hon skyndade nerför trappan, ivrig att få en välkomstkram.

Någon sådan känsla infann sig inte. Mamma höll rösten låg och sade: "Gå tillbaka till ditt rum. Jag kommer strax."

Clara gav sin mor en snabb kyss på kinden och lydde, med huvudet fullt av frågor.

När mamma så småningom kom till hennes rum stängde hon dörren bakom sig och försäkrade sig om att den var ordentligt stängd.

"Jag kan inte stanna länge. Jag måste återvända till

Brighton", sade mamma.

"Så snart? Pappa saknar dig fruktansvärt, och det gör jag också."

"Pappa förstår. Och det måste du också göra."

"Hur länge blir du borta?" Clara slog armarna om sin mor och ville inte släppa taget. "Det har kommit en inbjudan! Efter all denna tid."

Mamma höll Clara på armlängds avstånd. "Från vem?"

"Från familjen Shireton."

Mamma rynkade pannan i tankfullhet. "Jag känner inte igen det namnet."

"Inte jag heller, men det var den enda inbjudan vi fick under hela tiden du var borta. Jag var så trött på att aldrig höra från någon att jag ..."

Hennes ansikte mörknade. "Säg mig att du inte gick dit."

Detta var inte det kärleksfulla återseende som Clara hade sett fram emot så länge.

"Bli inte upprörd. Det visade sig att ingen som var bjuden brydde sig om att komma. Det är som om hela familjen har blivit utfryst. Därför såg ingen mig där – de ville också ha kapten Scarlet. Säg mig ärligt att prinsregenten inte vill ha tillbaka kaptenen, jag har blivit så förtjust i honom. Och jag har lärt honom så mycket gott uppförande sedan du såg honom sist. Du skulle bli förtjust över hans framsteg."

Mamma släppte henne och sjönk ner i en stol med

en tung suck. "Jag vet inte vad som är värst. Att du överhuvudtaget gick dit utan förkläde eller att du var den enda dumbom som dök upp."

"Jag hade ett förkläde", slängde Clara ur sig.

"Vem?" Mammas min blev kall.

Varningsklockor ringde i Claras öron. Hur hade hon kunnat missa mammas irritation fram till nu? Kvinnan hade nyligen återvänt från en lång och mödosam vagnsfärd och var plötsligt tvungen att ta emot märkliga nyheter från sin dotter. Clara kunde avslöja namnet på det verkliga förklädet; den lojala guvernanten skulle med största sannolikhet stå på gatan före middagen.

"Allt är bra, mamma. Jag var så glad över att du kommit hem och glömde bort hur trött du måste vara. Låt oss ordna med lite te och rostat bröd, så kan vi prata senare, när du är mer utvilad."

"Det finns ingen tid för vila. Jag måste återvända till Brighton i morgon."

"Åh nej, gick prinsen med på att ta tillbaka kapten Scarlet?"

"Vad?", sade mamma och masserade tinningen.

"Du skulle ju till Brighton för att få prinsregenten att ta tillbaka kapten Scarlet, men ärligt talat är han inte till besvär längre."

Mamma skadade på huvudet, som om Clara talade ett annat språk. "Det kom aldrig på tal. Jag återvände för att hämta fler av mina saker. Jag kommer att stanna i Brighton tills vidare."

Skulle de också behöva flytta? "Ska vi alla flytta dit?"

Mamma suckade tungt igen och gick mot dörren. "Du och barnen och pappa ska stanna i London. Hans arbete är här och … min plikt är gentemot prinsregenten."

Med de orden lämnade hon rummet och stängde bestämt dörren bakom sig.

För Clara var det fullständigt obegripligt. Varför hade hennes mor ens brytt sig om att återvända till Grosvenor Square om det bara var för att ge sig av igen?

Hon sprang ut i hallen och ropade efter sin mor. "Men du tar väl inte med dig kaptenen?"

Mamma vände sig om mot henne, med röda och svullna ögon. Hon var uppenbart bedrövad över något. "Vad?"

"Kapten Scarlet. Snälla säg att han får stanna här."

Mamma suckade uppgivet och bekräftade sedan: "Ja, fågeln stannar här."

"Tack, mamma", sade hon och strålade. Åtminstone skulle hon få behålla fågeln. "Och tacka prinsregenten för hans generositet."

Hakan darrade på mamma, och hon vände sig snabbt om för att gå.

Tio minuter senare var Clara fortfarande förvirrad

och perplex. Hennes syskon skulle utan tvivel bli förtvivlade över att mamma skulle resa bort igen, utan något bestämt datum för återkomst. De saknade sin mor så!

Den enda ljuspunkten i denna fullständigt ologiska situation var att hon skulle få behålla fågeln.

Hennes mor måste vara så trött; det måste vara anledningen till att hon sa att ämnet kapten Scarlet inte hade kommit på tal.

Men var det inte aror som var anledningen till att mamma åkt till Brighton från första början? Det var vad pappa hade sagt.

Det var lika bra att mamma var trött och inte tänkte helt klart; Clara hade nästan avslöjat sin hemlighet: att hon var kär i Frank Franklin. Ack, i och med hennes avfärd nästa dag skulle hon inte få tillfälle att be henne om lov att träffa honom igen.

Det dög inte.

Hon klädde sig snabbt för dagen, fast besluten att hitta sin mor och fråga. Hon gick nerför trappan och lade märke till det ständiga stojet från folk som bar koffertar och rörde sig om varandra.

Hon fick syn på sin mor som stängde dörren till sin fars arbetsrum. Var båda hennes föräldrar där inne?

Det ständiga springet av folk gjorde det omöjligt att tjuvlyssna vid nyckelhålet. Rummet ovanför arbetsrummet var hennes fars rum.

Hennes fars *tomma* rum.

Clara vände om och tog sig till sin fars innersta

helgedom. Om pappa hade planerat att resa med mamma skulle det finnas betjänter här som packade saker åt honom. Men, som mamma hade sagt, stannade hennes far kvar.

Mer eller mindre rakt ovanför där hennes föräldrar kunde tänkas befinna sig på våningen under, hukade Clara sig ner, knuffade undan mattan och pressade örat mot golvplankorna.

Vad hon hörde fick henne att kippa tyst efter andan.

"Du sa att det var över." Pappas röst.

Pappa lät mer än arg. Hans röst var låg och dämpad så att personalen som trampade omkring på andra sidan arbetsrumsdörren нe skulle höra dem.

Men deras röster bars tydligt uppåt, in i Claras öron.

"Jag trodde att det var över, men han har bett mig att stanna."

"Och du tänkte inte vägra? Har du nicht gett honom nog?"

"Ingen är i den positionen att de kan vägra prinsregentens önskan, allra minst jag."

"Och så fortsätter din familj att lida. Dina *barn* fortsätter att lida."

"De är *dina* barn också", replikerade mamma.

"Inte alla av dem, men jag försörjer dem som om de vore det för skenet skull."

Is fyllde Claras ådror. Det lät som om hennes mor var prinsregentens älskarinna!

Kapten Scarlet som ställde till med bråk i balsalen var en tam barnsaga i jämförelse med denna historia!

Om det de också talade om var sant, kunde några av hennes syskon vara prinsregentens oäktingar. Med bultande hjärta kunde hon inte höra vad de talade om under de följande minuterna då pulsen dunkade i hennes öron. Så småningom lugnade hon sin andning för att kunna höra mer.

Mamma sade: "Han gjorde dig till baron."

Pappa svarade snabbt: "Och han gjorde dig till sin hora!"

Gode Gud, prinsregenten hade förlänat hennes far adelskap för att han tagit hennes mor från familjen.

Hon misstänkte vilket av hennes syskon som var prinsens – det måste vara hennes yngre bror, George. Till och med hans namn var en ledtråd! Vid den tiden hade Clara bara trott att det var ett otroligt populärt namn när han döptes. Nu misstänkte hon att det låg så mycket mer bakom det.

Vem mer visste om dem? Och var detta den verkliga anledningen till att de inte hade fått några inbjudningar sedan sin bal? Hade skvallret om mammas förbindelse spridit sig?

Hela denna tid hade hon burit bördan, i tron att den oregerliga aran hade förstört familjens namn den där kvällen på balen.

Chansen var stor att kapten Scarlet hade väldigt lite att göra med det.

Fågelns favoritfras ekade i hennes huvud: *Puss, puss, lägg dig ner.*

Kanske hade aran trots allt inte snappat upp det från sjömän, utan möjligen från Hans Kungliga Höghet!

"Jag kommer definitivt att behöva lägga mig ner", tänkte hon när hon hörde dörren till arbetsrummet stängas nedanför. Med huvudet snurrande av förvirring visste hon inte vad hon skulle ta sig till.

Hennes mor var en kunglig älskarinna!

Var det därför Clara själv var så frikostig med sina ömhetsbetygelser? Hon hade sin mors blod i ådrorna.

Vänta. Nej, hon var inte frikostig med sina ömhetsbetygelser mot vem som helst. Det var bara med Franklin. Han var hennes enda sanna kärlek. Hon kanske nicht var säker på mycket just nu, men hon var säker på Frank.

Dörren till rummet öppnades.

"Vad gör du här, Clara?" Pappa stod i dörren, med en ruinerad mans uttryck.

"Jag ... jag letade efter dig och snubblade just." Hon ljög.

"Förolämpa inte oss båda. Våra röster hördes genom golvplankorna, eller hur?"

Det var ingen idé att låtsas. "Jag är ledsen, jag tjuvlyssnade."

Pappa sjönk ihop. "Hur mycket hörde du?"

Hon erkände: "Alldeles för mycket för mitt eget bästa."

Dagarna gick. Inga meddelanden från Frank kom, trots att Clara tillbringade tid med att läsa i salongen. På så sätt skulle hon veta om budbärare närmade sig. Ack, om någon var uppmärksam skulle de märka att hon nicht vände blad. Kapten Scarlet skrek i vinterträdgården, men hon ignorerade honom eftersom ett meddelande kunde komma från Frank.

Vilken märklig ironi; om mamma var här skulle hon konfiskera alla brev från honom. Pappa var sin vanliga frånvarande själv. Clara kunde nicht klandra honom. Om hon var i hans position, gjord till hanrej av prinsregenten, skulle hon också tillbringa hela dagen på sin klubb.

Det fanns ingen i huset som hejdade meddelanden till henne, så varför hade inga kommit?

Varför hade Frank nicht skickat något?

Hon föll ner i en spiral av rädsla och undrade om Frank nicht ville ha mer med henne att göra på grund av hennes familjs skandal.

Tänk om det var värre? Kanske hade Frank förlorat sin position hos familjen Shireton för att ha umgåtts med Clara Eberhard?

Medveten om sina plikter hos familjen Shireton gled Franks tankar iväg till det allt överskuggande dilemmat varför Clara nicht hade svarat på hans brev. Familjen Shireton hade sin sedvanligt påkostade söndagspicknick i Hyde Park. Han skulle vara ledig om några timmar, när picknicken var undanplockad. Men om Clara nicht hade kontaktat honom, fanns det då något hopp om att hon skulle dyka upp?

Han hade trott att de var som gjorda för varandra. Hans tankar på dagen var fyllda av hennes förtrollande ansikte, hans nattliga drömmar fyllda med bilder av hennes lockande kropp. Hon hade gett sig själv så villigt åt honom, och nu ingenting?

Antingen hade hon kallnat gentemot honom, eller så hade hennes föräldrar låst in henne.

Kanske hade de skickat henne till landet för att hålla dem isär?

Det kunde vara svaret. Om det var sanningen skulle han aldrig sluta leta efter henne.

Om hon fortfarande var på Grosvenor Square, borde hon väl ha hittat hans brev vid det här laget?

KAPITEL 10

Till Claras ständiga frustration hade en hel vecka gått. Hela sju dagar, och inte en enda rad, ett enda meddelande, brev eller en inbjudan hade anlänt. Det var söndag eftermiddag, och Clara hade bara kommit tre kapitel längre i sin bok. Trots det äventyrliga innehållet kunde den inte distrahera henne från de nästan oavbrutna tankarna i hennes huvud: Frank, hennes familj, societetskvallret, Frank, tidningens rapportering om de senaste händelserna, Frank, varför hon just hade läst samma stycke för fjärde gången, och Frank.

Inte ett ord från Frank.

Hon slog igen boken och gick mot vinterträdgården. Eftersom det var söndag eftermiddag njöt tjänstefolket av sin halva lediga dag. Mabel var inte här för att trösta henne, och barnen var ... förmodligen på övervåningen.

Ända sedan hon hade tjuvlyssnat på sina föräldrar hade hon inte kunnat se sina syskon i ögonen igen. Hur skulle hon kunna se på dem utan att se prinsregentens anletsdrag i deras ansiktsuttryck? Särskilt lille George.

Att undvika dem var det förnuftigaste att göra. Barnen saknade säkert sin mamma, det var hon säker på, men hur skulle hon kunna trösta dem när hon var rädd att hon av misstag skulle avslöja sanningen?

Kapten Scarlet var hennes enda pålitligt trygga sällskap nu för tiden. Med honom var samtalsämnena strikt begränsade och hon riskerade knappast att få några svåra motfrågor.

"Varsågod och tack."

"God morgon."

"Förtjust."

Han varvade fortfarande dessa nya fraser och ord med sitt ständigt pålitliga "Kyss, kyss, ligg ner", vilket fick hennes kinder att hetta.

Tunga moln på himlen speglade hennes dåliga humör. Kapten Scarlet satt högt uppe på sin pelare, med en samling vita lockar vid sina klorförsedda fötter. Herregud, han verkade samla peruker till ett bo!

"God morgon, kapten Scarlet", sa hon och sträckte fram armen mot honom. Läderhandsken var perfekt för honom att landa på – den satt som gjuten så att fågeln kunde landa stadigt och inte slinta. Lädret var mjukt men skyddade hennes underarm från djupa revor. Hon hade dock några märken, eftersom hans klor var otroligt vassa. Inget som drog blod, tack och lov, så hon var tacksam.

Fågeln bredde ut sina vingar och grep tag i de vita lockarna. Med peruken i näbben seglade han ner till Clara och landade på hennes utsträckta arm.

Han vaggade närmare hennes axel och viftade med peruken framför hennes ansikte.

Sandelträ omslöt henne.

Åh, Frank!

Det var en av hans peruker, och den bar fortfarande hans doft.

Clara tog försiktigt peruken från aran och höll den mot sitt bröst. Ohållna tårar gjorde hennes syn suddig. Allt blev för mycket.

"Ge Clara", sa kapten Scarlet.

Det var en ny fras.

"Ge Clara", upprepade hon. "Tack, kaptenen."

"Ge Clara", sa han tillbaka.

Den frasen hade hon inte lärt honom.

Vem hade gjort det?

Hon kramade peruken mot sig av känsla och hörde ett svagt prassel. Det lät som om det kunde finnas något i peruken.

Hon satte fågeln på en apelsinträdsgren och gav honom ett päron, sedan satte hon sig på en stol för att undersöka peruken. Hon tryckte den i sina händer igen och hörde samma prasslande ljud. Hon vände på den och undersökte insidan.

Där, instoppat mellan väven, fanns ett hoprullat papper. Försiktigt drog hon ut det och rullade upp det.

Det var från Frank!

Hur hade han lyckats med detta, och hur länge sedan hade han lämnat detta meddelande till henne? Men ännu viktigare, hur länge skulle han vänta på henne på den föreslagna platsen, när klockan redan var över tre och han hade bett henne att möta honom klockan två?

KAPITEL 11

M ed lappen hårt i handen sprang Clara mot Hyde Park. Varje sekund som gick fördröjde hennes återförening med Frank. För varje minut som gick ökade risken att han skulle tro att hon inte skulle komma. Vilken röra hon hade ställt till med! Hur länge hade lappen legat där utan att hon hade märkt det? Var han fortfarande anställd hos familjen Shireton, och om så var fallet, skulle hon kunna få fram ett meddelande till honom om hon missade deras möte?

Hon sicksackade mellan människor och hästar, kastade sig upp på gångvägarna och förbannade de långsamma fotgängarna på stigarna. Deras vackra snår kom inom synhåll. Det gjorde ont att andas, men hon höll tempot uppe. Ett kraftigt håll högg tag i sidan under revbenen, och hon vek sig dubbel av smärtan. Men det fanns ingen tid för hennes egen bekvämlighet

"

när hennes sanna kärlek väntade på henne bara några tiotal meter bort.

Om han fortfarande var kvar.

Skulle hon ropa på Frank? Dålig idé, bestämde hon sig för. Trots att magmusklerna protesterade våldsamt fortsatte hon framåt.

Han var inte där!

Sorgen gjorde hennes blick suddig. Hon hade kommit för sent!

Clara skrek ut sin ångest mot skyn och använde kapten Scarletts ord som rimmade på Noas ark.

Hur kunde hon vara så dum att hon hade missat Franks meddelande? Han måste ha väntat på henne och trott att hon inte längre älskade honom.

Clara tvivlade på allt hon trodde sig veta och såg sig omkring för att försäkra sig om att hon verkligen var på rätt plats. De hade legat ner gräset där de hade legat tillsammans, men det måste ha vuxit tillbaka. Botanik var inte hennes starka sida. För henne såg en grön buske ungefär ut som vilken annan som helst. Men hur många avskilda snår kunde det finnas i den här delen av Hyde Park?

Han hade gått.

Han hade gett upp hoppet.

Hon hade skyndat sig allt hon kunde, och det hade inte varit tillräckligt!

"Clara?", ropade en mansröst.

"Frank?" Hon sprang mot ljudet, förbi fler buskar

tills hon kom till en glänta med kamelior och järnek, vars starkt gröna blad stod sig fasta i skymningen.

Där var Frank! Hon sprang till honom och slog armarna om honom. "Åh, Frank! Du väntade på mig! Jag trodde att du hade gått!"

"Min älskade, du måste ha lite tro", sa han. Han kysste henne ordentligt och kärleksfullt och höll hennes ansikte i sina händer. "Det här är vår speciella plats. Jag skulle ha väntat åtminstone till halv fem när det blir mörkt."

Leendet han gav henne visade att han drev med henne. "Jag var på vår plats nyss, och du var inte där."

"Va? Nej, Clara, det här är vår plats."

"Är du säker? Jag skulle ha kommit ihåg järnekens taggar, de påminner mig om julen."

"Men titta, gräset här är nedlegat där vi var." Han pekade på en fläck på marken som hade tydliga avtryck.

Clara brast ut i skratt. "Jag kanske har tappat förståndet, men jag vet med säkerhet att jag inte stod på knä."

Frank slog handen för munnen och skrattade. "Du har rätt! Det här är någon annans speciella plats!"

Skrattande och omfamnande myste de och gick tillbaka till sin *riktiga* speciella plats. Frank suckade. "Herregud, vilken tur att du ropade. Jag har väntat på fel ställe hela eftermiddagen! Tvivlade du på min övertygelse?"

"Jag tvivlade på en hel del saker, men det var jag

som var sen. Jag hittade ditt meddelande för en liten stund sedan, så jag sprang hela vägen."

"Jag hade inte tid att skriva mycket, men jag visste att om jag lämnade en lapp vid din dörr skulle dina föräldrar ha konfiskerat den."

Clara skrattade åt hans misstag och sitt eget. Hon förklarade den verkliga situationen för honom. "Jag satt i salongen varje dag och väntade. Jag skulle ha varit den enda som läste den."

"Jag är en idiot som inte försökte med det från första början. Jag ber om ursäkt", sa han.

Clara kysste honom och höll honom tätt intill sin kropp. "Du är förlåten, omedelbart och utan förbehåll."

De kysstes igen, ömt, kärleksfullt, och lät kyssen vara så länge de kunde innan de behövde hämta andan.

Frank tog av sig sin lakejrock igen och lade den på marken, med utsidan uppåt för att skydda den från gräs- och lerfläckar. Sedan gick han ner på ett knä och tog Claras händer i sina.

"Ja", sa hon.

Han skakade på huvudet och flinade. "Jag har inte frågat än."

"Det spelar ingen roll. Svaret är ja. Du har friat till mig tidigare, så jag vet vart det här är på väg."

"Min fråga, min käraste, otåliga kärlek, är denna", sa Frank. "Ska jag be din far om lov att uppvakta dig på ett korrekt sätt?"

Clara nickade och sa: "Du hittar honom på hans klubb."

De kysstes med passion och beslutsamhet. Stötar av begär for genom henne vid tanken på hur snart de skulle vara gifta.

"Herregud, Clara." Frank drog försiktigt i hennes hand, och hon sjönk ner på knä bredvid honom. "Jag älskar dig verkligen."

"Och jag älskar dig."

"Nåväl", Frank drog sig undan, med en blick fylld av beundran. "Vad heter din fars klubb?"

"Jag har inte den blekaste aning, men det ska jag ta reda på."

EPOLOG

Herr och fru Frank Franklin stod en bit ifrån varandra på en gräsmatta nära tesalongerna i Hyde Park. Det var ett förtjusande populärt utflyktsmål som blev allt populärare i takt med att våren närmade sig.

De kom hit regelbundet för att underhålla, förtjusa och ibland chockera de förbipasserande. Frank höll i en uppochnervänd hatt, som folk lade mynt i.

På Claras arm stod Kapten Scarlet med vingarna utbredda för att visa upp sina magnifika färger.

Åskådarna utstötte förtjusta "åååh"-ljud och pekade på hans olika drag.

"Mina damer och herrar", sa Clara, "från Amazonasdjungelns djupaste djup i fjärran Sydamerika, världens mest beresta fågel, Kapten Scarlet!"

Människorna som samlats i närheten applåderade och betraktade honom. Han var en otrolig syn.

"Rude boy, rude boy!" ropade kaptenen till en man som stod i närheten.

Frank skrockade när fågeln glatt retade någon i publiken. Alla andra skrattade, troligtvis för att aran inte hade pekat ut just dem.

Clara tog till orda igen och använde sina välrepeterade repliker. "Han är visserligen berest, men han är absolut inte *väluppfostrad*. Finns det någon här som är modig nog att inlåta sig i ett samtal med honom? Han har ett *anmärkningsvärt* ordförråd!"

Flera händer sköt upp i luften, och Frank skickade runt hatten.

Han hade börjat sitt liv på ett barnhem, med ett liv av potentiell misär eller brottslighet framför sig. Vilken tur han hade som hade Clara och kaptenen vid sin sida.

Framtiden såg ljus ut.

Han kanske till och med skulle ha råd med en egen betjänt en dag, från barnhemmet på Duke Street, förstås.

OM FÖRFATTAREN

Ebony Oaten älskar ordlekar och är mycket glad över att hennes titlar, som är fyllda med ordlekar, kan översättas relativt bra.

Du kan hitta henne på Facebook, där hon slösar alldeles för mycket tid. Om du hittar henne där, be henne att återgå till att skriva fler av sina fräcka, fåniga och sexiga noveller.

Tack!

facebook.com/EbonyOaten